# 中华经典故事

## 三国演义故事

张越 编著

中华书局

**图书在版编目(CIP)数据**

三国演义故事 / 张越编著 . —北京:中华书局,2012.2
(2012.5 重印)
(中华经典故事)
ISBN 978 – 7 – 101 – 08408 – 5

Ⅰ.三… Ⅱ.张… Ⅲ.章回小说 —中国—明代—缩写
Ⅳ.I242.4

中国版本图书馆 CIP数据核字(2011)第 249949 号

| | | |
|---|---|---|
| 书　　　名 | 三国演义故事 | |
| 编 著 者 | 张　越 | |
| 丛 书 名 | 中华经典故事 | |
| 责任编辑 | 王贵彬　彭玉珊 | |
| 出版发行 | 中华书局 | |
| | (北京市丰台区太平桥西里 38 号　100073) | |
| | http://www.zhbc.com.cn | |
| | E-mail:zhbc@zhbc.com.cn | |
| 印　　　刷 | 北京天来印务有限公司 | |
| 版　　　次 | 2012 年 2 月北京第 1 版 | |
| | 2012 年 5 月北京第 2 次印刷 | |
| 规　　　格 | 开本 /700×1000 毫米　1/16 | |
| | 印张 11　插页 2　字数 75 千字 | |
| 印　　　数 | 8001–20000 册 | |
| 国际书号 | ISBN 978 – 7 – 101– 08408 – 5 | |
| 定　　　价 | 20.00 元 | |

# 中华经典故事
## 出版说明

中华五千年文明，留下了许多脍炙人口的经典故事。女娲造人、刻舟求剑、苏武牧羊、美人计、新亭对泣、割发代首、毛遂自荐……这些故事穿越历史、代代相传、历久弥新，它们彰显着中华民族的传统美德，浓缩了许多做人、做事的道理和智慧，同时还是弘扬中华优秀传统文化、揭示纷繁历史变迁的窗口。为帮助当代读者了解中华五千年的辉煌，感受中华文化的博大精深，丰富积淀，陶冶情操，并引领大家由此阅读古代经典，中华书局推出"中华经典故事"丛书。

丛书精选中华故事中的经典篇章，在保留传统故事精髓的基础上，更加贴近当代读者的阅读需求，从而使读者更容易领悟经典故事所传达出的优秀传统文化精神内核。

故事内涵有提升。每个故事之后用简练的语言联系实际，进行解读，以唤起读者更多的思索，真正做到学以致用、古为今用。

故事后或附经典原文，让读者通览经典原貌，整体感知；或附"博闻馆"，链接与故事相关的其他故事或知识，拓宽思路，有助于更加全面地理解故事。

故事配图丰富新颖，力求趣味性和知识性并重：巧妙的配图文字，帮助大家轻松阅读，并开阔视野，从多角度扩展知识。

对于故事中的生僻字词均加注汉语拼音及注解，以帮助阅读和理解。

本套丛书由富有研究成果的专家学者协力创作，在此对所有参与编写的人员表示由衷感谢。

中华书局编辑部

2012 年 1 月

# 目　录

# 桃园结义

东汉末年，宦官专权，政治黑暗，战乱四起，民不聊生。朝廷为了平复战乱，只好在各个州县张榜纳贤，招募军队平复战乱。

在河北一个叫涿县的地方，有一个叫刘备的英雄也挤在人群中争看榜文。刘备字玄德，是汉景帝的儿子中山靖王的后裔，长得耳垂过肩，双手过膝，因为父亲早亡，家境贫困，为了养家糊口，曾经编制过席子，贩卖过草鞋。

刘备的叔叔刘元起，从小就器重这个相貌非凡的侄儿，时常给他些钱财度日，还出钱资助他读书。不过刘备从小并不爱读书，只是喜欢结交四方朋友，心中暗怀凌云之志。这天刘备看见朝廷张榜纳贤，不禁立于榜下，长叹了一口气。刚要转身离开，忽然听到背后一个人厉声喝道：

"大丈夫顶天立地，为何不投身朝廷为国尽忠，反而在这里唉声叹气？"

刘备吃了一惊，回头一看，一位豹头环眼、声若洪钟的大汉立于眼前，心中顿生好感，不仅没有觉得这人鲁莽，不懂礼貌，反而好言相告，说自己愿与他结交，并邀请大汉与他一起回村。

大汉也不推辞，与刘备一路同行。路上，大汉自报家门说："我叫张飞，字翼德，世代居住在涿郡，现在以卖酒杀猪为业，喜好结交英雄豪杰。我看您也是一条好汉，只是不知为何您看见榜文后，长吁短叹？"

刘备叹了口气，说："不瞒兄弟，我本是汉朝皇室的宗亲，现在看见朝廷黑暗，宦官当权，盗贼蜂起，劫掠百姓，不由心急如焚，有心报效国家，匡扶社稷，只恨自己身单力薄，能力不够啊！"

张飞是个直脾气，一听这话颇合自己的心意，高兴得直拍大腿："好！哥哥果然是条好汉，我没有看走眼。依我看，一个人力量是有些单薄，但若多召集几个兄弟共去投军，人多势众，定有机会为国效力。兄弟有个庄园，里面有几个庄客，若哥哥同意，我们这就回去结集庄客，一起响应朝廷招募，您看怎么样？"

刘备一听此话正中下怀，心中大喜，热情邀请张飞到饭馆饮酒详谈。正在推杯换盏之际，只见一位紫膛脸的须眉壮汉威风凛凛地走入店家，大声呼唤酒保道："伙计，赶快打酒来，我用完酒饭还要赶进城中充军，怕晚了来不及了！"

刘备见此人红脸膛，丹凤眼，卧蚕眉，高大威猛，气度不凡，不禁生出敬慕之心，忙过来邀请此人同席饮酒。这人也不谦让，径直入席，拱手对刘备和张飞道："我叫关羽，字云长，本是河东解良人。五六年前，因为本地一位豪强地主欺压百姓，我一怒之下将他杀掉了，之后便流落江湖，四处漂泊。今天听说朝廷招募义士铲除贼寇，所以想去应召。"

刘备见关羽这么实在，一见面便将自己的状况和盘托出，没有丝毫隐瞒，敬慕之心又多了几分，当下也不避讳，便将自己和张飞的状况也一五一十地告诉了关羽。

三人感到彼此志同道合，心中甭提多高兴了。当下酒也不喝了，一起结伴连夜赶到了张飞的庄园里，共论天下大事。关羽、张飞的年龄都比刘备小，因此推刘备为兄长，想要盟誓结为兄弟。

张飞首先提议："我庄后有一座桃园，现在正是开花茂盛的时候。明天我们宰杀牲畜，祭拜天地，就在桃园结为生死之交，你们觉得怎么样？"

刘、关二人一听，这主意不错，立刻点头表示同意。第二天，三人便在桃园中摆下贡品，焚香盟誓，结为异姓兄弟，不求同年同月同日生，只愿同年同月同日死。如果有一天谁违背誓言，甘愿遭受上天的惩罚。三人盟誓完毕，便拜刘备为兄，关羽第二，张飞为弟。祭拜完毕后，张飞散尽家财，召集了家乡三百多位英雄好汉，共在桃园痛饮，准备去投军。

桃园三结义铜像（四川省阆中市）

传说东汉末年，刘备、关羽、张飞三人曾在桃园结为异姓兄弟，此后，他们生死与共，披荆斩棘，建立了一番轰轰烈烈的大事业。后人十分推崇他们这种不离不弃的兄弟之情，特为他们塑立雕像，以示纪念。

过了几日，一切准备妥当，三人准备带领众人前去州郡应召，却发现没有马匹可乘，这可愁坏了三位英雄好汉：出钱购买吧，一时没有合适的马匹，寻常老百姓家拉脚用的马，和战马有天壤之别，根本不能纵横疆场；去乡邻间借吧，又无处可借。正在束手无策的时候，忽然有庄客来报，说外面有两位客人，带领着几十名伙伴和仆从，赶着一大群骏马，要求会见张飞等人。刘备兄弟三人闻听大喜，真是绝处逢生啊，看来战马的事情有希望了，三人连忙邀请客人入庄。

为首的两位商人，原来是中山的巨商大贾，一个叫张世平，一个叫苏双，每年都到北方去贩马，这次去贩马时，正值流寇四起，只好中途返回家乡，途经张飞的庄园，所以前来拜访。

刘备兄弟与张、苏二人一见如故，相见甚欢，于是在庄园里大摆宴席，设宴款待二人，并在酒席间，将三人的志向告诉了张、苏二人。张世平、苏双听说刘备等有匡扶朝廷、救国救民的志向，钦佩不已，自愿将良马五十匹赠予刘备兄弟，又赠给他们金银五百两，铁器一千斤，用来打造兵器。

三人自然感激不尽，立刻请工匠打造兵器，为刘备打造的是利能削发的双股剑；为关羽打造的是号称青龙偃月刀的兵器，这件兵器，纯重八十二斤，舞起来虎虎生风，以一当十；为张飞打造的则是丈八点钢矛，精光四射，一矛在手，数人难以近身。

兵器打造完毕后，刘备、关羽、张飞兄弟三人便带领着乡民齐奔涿郡官府，拜见太守后，奔赴疆场杀敌。

## 刎颈之交

古人认为人有五伦——君臣、父子、夫妇、兄弟、朋友，这五伦中唯有朋友没有血缘关系或者上下级的关系，依靠"信义"二字而推心置腹，结伴而行。在朋友之中，最受古人尊崇的便是刎颈之交。刎颈之交是指朋友之间同生死、共患难的坚贞友情。语出《史记·廉颇蔺相如列传》："卒相与欢，为刎颈之交。"朋友之间的坚贞友谊有时又被称为生死之交。古人说："一死一生，乃知交情。"意思是真正的友谊，无视贫穷富贵，甚至可以超越生命的界限，是古人推崇的友谊的至高境界。

# 张飞怒打督邮

刘备、关羽、张飞三兄弟自桃园结义后，便赶往官府投军，自此之后，兄弟三人率领军队，转战南北，立下了赫赫战功。后来，朝廷犒赏平定战乱有功之臣，将刘备封为定州中山府安喜县的县尉。这个官不大，主要职责是管理治安，捉拿盗贼之类的事情。

刘备领到了任命，高高兴兴地带着义弟关羽和张飞赴任了。到任之后，刘备爱民如子，清正廉明，治理政务井井有条，因此很快得到了当地百姓的爱戴。谁料，天有不测风云，刘备到任第四个月的时候，朝廷忽然下了一道诏书，要裁汰各州县多余的官员，有传言说，刘备好像也在被裁撤的名单里。

正在这时，朝廷委派了一位督邮到各地府县巡视政务。这天，督邮大人来到了安喜县，刘备作为县尉，亲自到城外迎接，恭恭敬敬向督邮大人施礼。督邮高坐在马上，看见向自己鞠躬的刘备，头也没抬，只是漫不经心地挥了一下马鞭，表示回礼。侍立在刘备身后的关羽和张飞，看见督邮对自己的义兄刘备如此傲慢无礼，都觉得非常愤怒。他们强忍着怒火，侍奉督邮去了驿馆。

到了驿馆，督邮南面高坐，刘备在阶下侍立。过了好一会儿，督邮才慢腾腾地问："刘县尉是什么出身啊？怎么得到的这个官职？"

刘备毕恭毕敬地说："下官是中山靖王的后裔，从涿郡投军，历经大小三十多场战争，凭借着微小的战功，得到了今天的职位。"

督邮高声喝道："你诈称自己是皇亲国戚，虚报在战场上的功绩，才得到这个职位。现在朝廷降下诏书，要裁撤掉像你这样只会说大话、平庸无能的人，你就回去等着被撤职吧！"

刘备听到这番痛斥，一声也没敢吭，怏怏不乐地回到了县衙。

回到县衙里，刘备与自己手下的县吏商量对策。县吏说："督邮大人作威作福，无非是想索要贿赂。县尉大人如果能多多奉上金银珠宝，督邮大人就不会鸡蛋里挑骨头了。"

刘备听完县吏的话，愁眉苦脸地说："我不愿意盘剥老百姓，自己手里并没有存下一分钱，到哪儿去搞那么多财物送给他？"

到了第二天，督邮见刘备并没有把贿赂送来，立刻派人将县吏押到驿馆，逼着县吏指证刘备贪赃枉法，残害百姓。刘备自己到驿馆求见督邮，想替自己辩解一番，无奈守门的卫士根本不放他进去。

张飞见自己的兄长无故被人欺凌，心中愤懑不平。于是，一个人到小酒馆喝了几杯闷酒，之后，他骑着马从驿馆走过。张飞忽然发现有五六十位老人都在门前痛哭，他连忙问这些老人为什么。老人们回答说："督邮大人逼着县吏作伪证，想要加害刘县尉，我们特地赶来为刘县尉诉冤讲情，不料却被拦在门外，还遭到了看门卫士的殴打。"

张飞一听大怒，圆睁双目，咬碎钢牙，手提马鞭径直闯入驿馆。看门人刚要阻拦，早被张飞打翻在地，挣扎半天起不来。张飞奔入驿馆后堂，见督邮正高坐在厅上，手下人正在将不愿作伪证的县吏按在地上鞭打。

张飞怒喝道："害民贼，认得我是谁吗？"

督邮还没来得及回答，早被张飞揪住头发，强扯出驿馆，一路来到了县衙前。张飞将督邮绑在马桩上，随手折下身旁的杨柳枝，重重鞭打督邮，一连打折了十几根柳条。

当时，刘备正在县衙里生闷气，突然听见县衙前人声鼎沸，忙问身边的随从发生了什么事情。随从禀报说："是张将军绑了一个人在痛打！"

刘备大吃一惊，忙走出县衙来观看，发现被绑的人是督

汉桓侯祠（四川省阆中市）

俗称张飞庙，因张飞死后被追谥为桓侯，故而得名。唐时此庙被称为"张侯祠"，到明代又被称作"雄威庙"，自清代才开始改名为"桓侯祠"，一直沿用至今。

邮。刘备吃惊地问张飞原因。张飞怒道："这样的害民贼，不打死他，留着做什么？"督邮狼狈不堪，苦苦哀求说："玄德公快快救我一命吧！"刘备终究是仁慈的人，连忙喝令张飞住手。

这时，关羽从人群中走出，对刘备说："兄长立下许多战功，仅仅被授予县尉这种低微的官职，今天还要受到像督邮这样的小人的侮辱。我想荆棘丛中，不是凤凰的栖息之地，咱们不如杀了督邮，弃了官职，离开此地，再做打算。"

刘备长叹了一口气，说："二弟说得对，这官我是不能做了！"于是取出印绶，挂在督邮的脖子上，责备督邮说："像你这样残害百姓的人，本来应该杀死你，今天姑且饶你一命。我已将官印奉还，从此隐退了。"

说完，刘备携关羽、张飞收拾行囊，远避江湖，去代州投靠朋友了。

【博闻馆】

## 督邮是个什么官？

督邮的官职始于西汉时期，官虽然不大，仅仅是州郡的属吏，可是权力却不小，可以代表太守或其他州郡的长官督察县乡，宣达政令或者司法等政治命令。如果州郡下属县乡的官吏不合格，督邮可以向太守报告，罢免此官。一般每个州郡都划分为若干个部，每部都设一名督邮。

大诗人陶渊明也曾和督邮打过交道。史书记载，陶渊明中年时，曾被任命为彭泽县令。有一天州郡派了一位督邮来督察政务，陶渊明被要求束带迎接督邮，以表示尊重。陶渊明气愤地说："我不愿为五斗米向乡里小儿折腰！"于是当天便弃官离开，从此再也没有出来做官，成为中国历史上著名的隐士诗人。捎带着，那位未曾露面的"乡间小儿——督邮大人"，也被永远地记在了中国历史上。

# 曹操刺杀董卓

**在**汉末的政治纷争中，西凉刺史董卓一度夺得了朝政大权。董卓性情残暴，对人非常刻薄。他想通过改立皇帝来确立自己的威信。当时的皇帝是汉灵帝的长子少帝，而董卓却想废掉少帝，立灵帝的另一个儿子弘农王为帝。

少帝继位时间虽短，却是名正言顺的皇帝，而且也没有犯过什么错，因而得到了众多大臣的拥护。但董卓独断专行，把大臣们都叫来，扬言谁要敢反对废立大事，跟自己唱反调，那就一个字：斩！

眼看着无辜的少帝就要被赶下帝位，司隶校尉袁绍挺身而出，为少帝辩解："皇上继位以来，并没有失德的地方，为什么要废掉他？"

董卓大怒，呵斥道："天下的事我一个人做主，谁敢不听我的？你是想试一下我手中的宝剑是否锋利吗？"

袁绍年轻气盛，又自恃家族势力强大，自己的伯父——当朝太傅袁隗（wěi）也在场，当即拔剑应道："你的剑锋利，我的剑就不锋利了吗？"

一时间剑拔弩张，董卓瞪着袁绍，眼珠子都变得血红了。此时，董卓手下一位重要的谋士李儒悄声对董卓说："袁绍的家族里出过好多高官，他家的学生和老部下遍布天下，他的伯父又是当朝太傅，要是杀了他，恐怕要与袁氏一族为敌，这可不好办。现在咱们手中的权力还不稳，请您先忍耐一下。”

董卓这才压下怒火，转过头对袁隗说：“看在你的面子上，这次我就饶了这狂妄的小子。关于废帝的事，你还有什么看法？”

袁隗赶紧说：“您的主张很正确。”

袁绍气冲冲地向在场的官员们拱了拱手，奔往冀州去了。袁隗眼见董卓嚣张跋扈（hù），也只好忍气吞声。

自此之后，朝中再也没人敢对董卓说个不字。董卓踌躇满志，自任丞相，大权独揽，在立了弘农王为帝（就是汉献帝）后，又下令用毒酒毒死了少帝和他的妻子、母亲。满朝文武噤若寒蝉，如履薄冰，敢怒不敢言。

当时，有一位叫王允的高级官员，当时位居司徒，对汉室忠心耿耿，非常憎恶董卓的擅权专政，只是苦于没有机会除掉他。这一天，他收到了逃往冀州的袁绍来信，原来袁绍想征集军队讨伐董卓，但苦于没有内应，所以找到王允。

王允沉思良久，便想先试探一下大臣们对汉室是否还忠心。一天下朝后，王允假装过生日，将大臣们都邀请到自己家做客。席上，王允忽然流起泪来。大臣们非常惊讶，问：“司徒大人今日生辰之喜，为什么忽然哭泣？”

王允长叹一口气，说：“其实今天不是我的生日，只是想召集大家来，但因为害怕董卓老贼起疑心，才故意说是我过生日。方才我哭的是汉室江山啊！当年汉高祖刘邦斩白蛇起家，到今天已经快四百年了，没想到现在汉朝的天下要丧在董卓的手里了！"在座的老臣听见王允这样说，都忍不住痛哭流涕。王允看见大家都拥戴汉室，心中既感慨，又暗暗高兴。

就在大家痛哭时，座中有一人忽然抚掌大笑，说："在座的大人们，就算你们从白天哭到天黑，又从天黑哭到天亮，难道能将董卓活活哭死吗？"

大臣们抬头一看，说话的人是骁骑校尉曹操。王允怒道："难道你的祖上没有食过汉朝的俸禄吗？你今天不思报国，反而狂笑，是想要去告密吗？你尽管去告吧，我到死都是汉朝的鬼！"曹操这才收起笑容，认真地说："我所笑的，不是别的，只是笑满座公卿想不出一个办法来诛杀董卓！我虽然才疏学浅，但只要略施小计，便能将董卓人头悬挂在城门上，以谢天下！"

王允听后大喜，连忙起身问道："孟德（曹操，字孟

曹操像

曹操（155 – 220），字孟德，小字阿瞒，沛国谯（今安徽亳州）人，东汉末年著名的军事家、政治家和诗人。历史上真实的曹操雄才大略，才华横溢，但在小说《三国演义》中因为作者"拥刘（备）抑曹（操）"的立场，对曹操这一艺术形象进行了部分丑化，突出他"奸诈"的性格特点。

德）有什么妙计可以除掉董卓，匡扶汉室?"

曹操说："我最近屈身侍奉董卓，其实是想找机会刺杀他。现在董卓特别信任我，有事情一定和我商量。我听说司徒大人有一口七宝刀，希望您能借给我，让我拿着刀去刺杀董卓，赴汤蹈火，万死无恨!"

王允欣慰地说："孟德有这份心意，是汉室的幸运啊!"说罢，便取出宝刀送给曹操。宝刀长一尺有余，用七宝镶嵌，极其锋利。

第二天天亮后，曹操带着刀径入董卓相府，问："丞相在吗?"侍从说："丞相在书房中坐了很久了。"

曹操便去书房见董卓，只见董卓坐在床上，董卓的干儿子吕布全副武装，像一杆长枪似的，笔直地在一旁站着。

这个吕布武功盖世，可不是好惹的主! 曹操心里暗暗琢磨，得想个办法把吕布支开。忽听董卓问道："孟德今天怎么来得这么迟啊?"

曹操从容地说：　"我的马羸（léi）弱不堪，所以来迟了。"

董卓对吕布说："刚好我这儿有从西凉州进贡来的良马数匹，我儿奉先（吕布，字奉先），你去帮孟德挑选一匹好马吧。"

吕布闻命走出门去，曹操暗喜："董卓老贼这回可死定了!"刚想要拔刀，但又担心董卓力气大，不敢仓促下手。

董卓身体肥胖，不习惯久坐着，于是歪倒在胡床上，背对着曹操。曹操心想："动手的时机到了，今天就杀了这老贼!"于是迅速拿出宝刀，准备行刺。谁料董卓仰面看见穿衣镜中映出了曹操正要拔刀的样子，急忙转身道："孟德要做什么？"这时，吕布已经牵马到了阁外，眼看就要进来。曹操刀已出鞘，见情势危急，急中生智，连忙将刀双手捧住，一脸恭敬地向董卓跪下道："曹操有宝刀一口，特意来献给恩相。"董卓拿来细细品赏一番，果然是宝刀，于是让吕布收下。

董卓引曹操出门看马。曹操拜谢道："小人想试骑一下。"董卓欣然同意了，于是曹操骑马飞奔而去。

吕布对董卓说："刚才恰好看见曹孟德好像有意要刺杀义父，只是被我们识破了，才改口说献刀。"董卓拍着大腿说："我也有点怀疑，只是不确定！"

两人正在猜测，谋士李儒恰好来拜见董卓。听说此事后，他笑着说："这有何难，曹操没有家眷老小，一个人住在京城。您现在就宣曹操来拜见，如果他敢来，方才就是献刀；如果迟疑推脱不来，方才就是想要行刺，到时我们可以将他擒住细细审问。"

董卓连忙派人去请曹操。公差到了曹操住处，哪里还有曹操的影子，他早已借故董卓派他公干，奔往别的州县逃命去了。

**【博闻馆】**

## 谁是《三国演义》中的第一猛将？

在《三国演义》一书中，英雄辈出，人才济济，张飞、关羽、黄盖、典韦等都是名重一时的猛将；但是，被称为三国第一猛将的却是吕布。吕布，字奉先，是东汉末年著名将

领，善骑射，膂力过人，被称为三国第一猛将，在民间有
"人中吕布，马中赤兔"的说法。

　　不过吕布虽骁勇善战，有万夫不当之勇，却又有勇无
谋、势利、多变。他曾先后在丁原、董卓的手下做大将，但
又先后反叛丁、董二人。因为姓吕，所以张飞曾怒骂吕布为
"三姓家奴"，表达了对吕布为人的不齿和鄙视。

# 王允巧设连环计

董卓掌握国家大权之后，袁绍、曹操等人先后想要铲除他，却始终未能成功。董卓的气焰日益嚣张，自封"尚父"，出入使用天子的仪仗，强征 25 万人为自己修筑了郿坞（méi wū）。郿坞靠近长安城，坞内储存了二十年的粮食，金银玉帛不计其数。

董卓得意地说："如果我能成事，足可以雄踞天下；即使失败了，在这儿也可以养老了。"他和自己的家人都住在郿坞，半个月或一个月才回一次长安，接见朝臣们的拜见。董卓性情残忍凶狠，每次接见大臣时，都要大开杀戒，搞得长安所有的官员都惶惶不可终日。

这一天，董卓又故意说一位叫张温的官员私通袁绍反对他，竟在朝堂之上将张温杀死了。满朝文武见到这样血淋淋的场面，无不胆战心惊，人人自危。

司徒王允下朝后，独自在府中的后花园内徘徊。他想起今日朝堂所见，心里非常难过："本来指望着曹操刺杀董卓，结果曹操行刺失败，自己逃命去了。现在董卓更加疑神疑鬼，变本加厉地对待大臣，如果这样下去，汉朝没几天就要灭亡了。到底用什么办法才可以消灭董卓呢？"

正在沉思间，忽然，王允听见花园内牡丹亭旁有女子叹息的声音，仔细一看，原来是府中的歌女貂蝉。貂蝉不仅人长得非常漂亮，而且能歌善舞，因为她自幼没了父母，所以在王允府中长大，王允对待她就像对自己的亲生女儿一样。如今，王允看见貂蝉一个人在这儿不停地叹息，不禁责问道："这么晚了，你为何还在这里叹气，难道是有什么心事吗？"

貂蝉连忙跪在王允面前，回答说："我哪儿敢有什么心事呢？只是想大人对我有养育之恩，教我学习歌舞，待我像亲生女儿一样好，我即使粉身碎骨也难以报答您的恩德。最近我看见大人每天都紧皱着眉头，想必是为了国事愁闷。今天又见您一人在这里叹气，我有心想为大人排忧解难，却又不知道自己能为您做些什么，所以叹息。"

貂蝉拜月（民国时期粉彩人物帽筒）

貂蝉和西施、王昭君、杨玉环并称为我国古代四大美女。《三国演义》将貂蝉塑造成一位深明大义却又红颜薄命的女子，得到了历代人民的喜爱。不过，在历史上是否确有貂蝉其人，则尚待考证。

王允忙扶起貂蝉，让她坐在花园石凳上，然后用手中的拄杖重重敲击着地面说："哎，没想到汉家的天下却在你一个女子的手中。请你坐好，受我一拜。"说完，便深深拜了一拜。貂蝉大吃一惊，连忙说："大人为何如此对待小女子？"

王允回答说："老贼董卓想要篡夺皇位，满朝文武大臣无计可施。董卓有一位义子，名叫吕布，非常勇猛，常常跟在董卓身边保护他。我仔细观察这两个人，都是喜欢饮酒和美色的家伙，所以想用连环计，先将你嫁给吕布，然后再把你偷偷献给董卓。你从中挑拨他们的关系，实施计谋让吕布杀掉董卓这个老贼。为了不再使天下百姓受董卓的苦，你能答应我的要求吗？"

貂蝉流着泪说："请大人放心，我一定竭尽所能，万死不辞。请您按计划行事吧！"

第二天晚上，王允秘密邀请吕布到自己家做客。在酒席间，王允对吕布说："将军神勇无比，我一直都非常钦佩。今天您来到我家里，我也没什么好招待您的，只有请您多饮几杯酒。"说完，吩咐一声，一位绝代佳人在侍女的簇拥下从内室飘然而出，手捧一壶酒，笑盈盈地走到吕布面前说："请将军饮酒。"

吕布一见如此美丽的女子，眼睛都直了，连忙问这是什么人。王允笑着说："这是小女貂蝉，特地出来给您敬酒。"

吕布满面笑容，一面饮酒，一面用眼睛偷偷看貂蝉。过了一会儿，王允假装喝醉了，对吕布说："我想将小女送与将军为妾，不知道将军是否肯接纳？"

吕布大喜，连忙道谢。

王允说："过几天我就选一个良辰吉日，将小女送给将军。"吕布听了，高兴地吃了饭就回家等待去了。

又过了几天，王允上朝时，看见董卓身边没有吕布跟随，便对董卓说："我想请太师到我家去赴宴，不知可以吗？"董卓欣然同意。

到了晚上，董卓车驾来到王允府上。酒喝到一半时，王允故意将貂蝉唤出，让她为董卓表演歌舞。果然，董卓一下子便被美丽的貂蝉迷住了。王允趁机提出要将貂蝉送给董卓做侍妾。董卓非常高兴，当晚便将貂蝉带回自己家中。

吕布听到消息后又惊又怒，在下朝的路上堵住了王允的去路，圆睁着双眼，气呼呼地问："你既然已经将貂蝉许配给了我，却又将她送给董太师，难道你是在戏弄我吗？"

王允故意做出吃惊的样子，说："将军原来不知道啊？当日董太师到我家中做客，听说我已经将小女许配给将军，便对我说要将小女先带到丞相府，亲自选良辰吉日与你成亲。难道董太师没有将貂蝉送与将军吗？"

吕布气得浑身颤抖："这个老贼，他哪里将貂蝉送给我了？我一定要去问个明白！"

王允心中暗喜，嘴上却说："将军息怒，将军息怒呀！"

### 【博闻馆】

### 什么叫"杀鸡骇猴"？

所谓"杀鸡骇猴"，就是威胁、恫吓那些不服从自己的人，有杀一儆百的意思。传说猴子性子顽劣，贪玩好吃，不好驯服，但它特别害怕看见鲜血。后来，驯猴的艺人就想了一个办法，在驯猴之前，先在它面前杀一只鸡给它看看，教它知道厉害。之后，再驯服猴子时，即使再顽劣的猴子也只有乖乖从命了。

后来杀鸡骇猴演变成了统治者的一种权术。东汉末年，奸臣董卓为了在朝廷树立自己的权威，就通过诛杀反对自己的大臣的方法，企图达到杀鸡骇猴的目的，从而让文武百官都臣服自己。不过，最终他还是被吕布所杀，没当上皇帝。

# 凤仪亭吕布戏貂蝉

**有**一次，董卓受了点风寒，而貂蝉则在他身边日夜精心照顾，因此董卓就更加喜欢她了。得知董卓身体不舒服，吕布到丞相府来向他请安。当时，董卓正在卧室睡觉，还没有起床，而貂蝉正在床边服侍。忽然看见吕布，貂蝉连忙故意做出哭泣的样子，轻轻摆摆手，用手指了指躺在床上的董卓。吕布心中难过极了，他刚要开口说话，董卓却忽然从梦中醒来。董卓睡眼朦胧，看见吕布正站在门口目不转睛地往里看，回身一看，原来是貂蝉立在屏风之后。董卓不由心中大怒，大声呵斥吕布："你在这里做什么？好大的胆子！"命令卫士立刻将吕布逐出门去。

吕布心中大怒，但是又不敢当众顶撞董卓，只好怏怏不乐地回到家中。

过了几天，吕布跟董卓入朝办事，趁董卓不注意，吕布偷偷溜出来，到丞相府中看貂蝉。貂蝉见吕布来找自己，慌忙出来说："这里说话不方便，请将军到花园中的凤仪亭等我，我一会儿便来。"

吕布提着自己随身的武器方天画戟来到凤仪亭，等了一会儿，貂蝉从花丛深处袅袅地走来，容貌就像月宫中的仙女一样美丽。

见到吕布，貂蝉哭泣着对吕布说："我虽然不是王司徒的亲生女儿，但王司徒待我一向很好，见到将军人才出众，便将我许配给了将军，我以为自己这一生没有什么遗憾的了。谁想到太师起了坏心，逼我做了他的姬妾。我的清白已经被这老贼玷污，此生再也不能服侍将军了，现在只有在将军面前一死，才能表达我对您的一片真心！"说完，便假装要跳进身旁的荷花池。

吕布慌忙上前抱住貂蝉，眼泪忍不住掉了下来："我很久之前就知道你对我的心意了，只恨我们不能在一起！"

貂蝉趁机说："如今我在老贼府上度日如年，但愿将军能够早日帮我跳出火坑。"

吕布倒提着画戟，说："我刚才是趁老贼不注意才偷偷溜出来的，现在我要回去了，免得老贼起疑心。你先在这儿忍耐几天，我一定想个办法，和你团圆。"

貂蝉用手扯住吕布的衣裳，哭得花容失色："我在深闺之中，听到世上的人都称赞将军勇猛，就像天上的天神一样，谁知道你今天反而要受到别人的钳制！我和将军只能来世再见了！"

吕布又是恼怒又是惭愧，把方天画戟放在一边，搂着貂蝉好言安慰起来。两人正依偎在一起说悄悄话，忽然，吕布远远看见董卓朝这个方向走来。

原来董卓正在和汉献帝说话，扭头不见了吕布，立刻起了疑心，匆忙赶回府中。侍从上前禀报说，吕布到后花园去了。董卓又奔向后花园，恰恰看见吕布和貂蝉依偎着说话。董卓气得浑身打颤，飞奔到二人跟前，一把拿起吕布放在一旁的画戟，便要将吕布刺死。

吕布一见这种情况，来不及考虑，一拳将画戟打落在草地上，撒腿就跑。董卓身体肥胖，一时追不上吕布，在后面跑得气喘吁吁。忽然，迎面来了一个人，将董卓撞了个大跟头。

董卓抬头一看，原来是谋士李儒。李儒忙说："对不起，太师，冲撞您了。只是刚才我碰见吕布，听说您要杀他，所以我急忙赶来劝架。到底发生了什么事情，让太师这样生气？"

董卓咬牙切齿地说："这该死的逆贼竟敢调戏我的爱姬，我一定要杀死他！"

李儒连忙劝道："太师如果想要夺取天下做皇帝，就要忍下这口气。吕布是您的心腹爱将，他既然喜欢貂蝉，不如太师就将貂蝉赐给他，让他从此对您死心塌地！"

董卓想了一会儿，才说："你去告诉吕布吧，我将貂蝉赐给他就是了。"

李儒这才放心地告退。

董卓到了后堂，见到貂蝉，责备她说："你为什么和吕布私通？"

貂蝉抹着眼泪说："吕将军是太师的儿子，我在后花园碰见他，正要回避，谁知他提着画戟赶上来，我怕受他的侮辱，所以在凤仪亭边想要投水自尽。谁知他又上前强抱住我，正在挣扎的时候，恰好太师赶到，救了我一命。"

董卓眯着眼睛说："那我把你赐给吕布，你看怎么样？"

貂蝉瞪大了眼睛，说："我今生已经服侍了太师，绝不会再嫁给别人。如果太师要把我赐给吕布，我现在就死在您的面前。"说完，抽出墙上挂着的宝剑就要自杀。

董卓慌忙上前夺下剑来，抱住貂蝉说："这是我故意哄你的，你不要当真。"

凤仪亭吕布戏貂蝉（彩绘）

出自北京颐和园长廊彩绘。颐和园长廊始建于清乾隆十五年（1750），1860年被英法联军焚毁，1888年重建。长廊的枋梁上绘有人物、山水、花鸟、风景等绘画。其中最吸引人的，是约200幅人物故事彩画。长廊全长728米，1990年被《吉尼斯世界纪录大全》评为当代世界上最长的画廊。

貂蝉哭着说："这一定是李儒出的坏主意。李儒和吕布关系很好，所以才故意出这个主意。住在这里，我早晚要被吕布所害，请太师一定要为我做主！"

董卓说："爱姬放心，有我在，没有人敢欺负你。我明天就和你回郿坞居住，那里粮草应有尽有，金银堆成了山，非常安全。"

第二天，李儒拜见董卓，说："今天是良辰吉日，请太师将貂蝉送给吕布。"

董卓怒道："你肯将自己的妻子送给别人吗？"

李儒说："太师要做大事，不可被女人所迷惑！"

董卓道："女人岂能迷惑住我的心？这件事情不要再提了，谁再说就杀他的头！"

李儒仰天叹息着说："哎，我们这些人都要死于这个女人的手上了！"

董卓命人将李儒赶出府去，然后下令收拾车马，搬到郿坞居住。

文武百官都来为董卓送行。貂蝉在车中，看见吕布站在人群中，便用手遮掩住脸，假装哭泣。

吕布心如刀割，董卓一行已经走远了，吕布还一人站在山岗上叹息。

忽然，背后有个人问道："将军为什么在这里长吁短叹？"

吕布回头一看，问话的正是司徒王允。吕布恨恨地说："当然是为了你的女儿了！"

王允装作惊讶："这么久了，太师还没有将貂蝉许配给将军吗？"

吕布牙齿咬得咯咯作响："老贼把貂蝉占为己有了！"

王允大惊："竟然有这样的事？"吕布把前前后后的事都告诉了王允，王允呆了半晌，仰天长叹说："没想到太师做出这样的事来！现在将军和老夫都成了大家的笑柄。将军失去了妻子，老夫失去了女儿。老夫年龄大了，不在乎别人的嘲笑；可怜将军半世英雄，也被侮辱成这个样子！"

吕布越听越气，紧攥画戟，说："不杀老贼，誓不为人！"

王允忙说："董卓荒淫无道，天下人早已经厌恶他很久了，如果将军有心，老夫愿助你一臂之力。事情若能成功，将军便是汉朝的大功臣，青史留名！"

吕布当即立誓说："我愿意肝脑涂地，发誓诛杀董卓！"

王允道："我这儿有皇上下令诛杀董卓的诏书，将军收好。等到董卓上朝，将军拿出诏书，便可将老贼斩首。其余的事情，我自有主张。"

当夜，王允与几位老臣商量，派人前去郿坞请董卓，谎称汉献帝要将皇位禅让给他，请他到长安去参加禅让仪式。果然，董卓一听这个消息，喜出望外，连忙乘车驾来到长安。

来到朝堂之上，董卓发现献帝并不在，只有王允等二十多个老臣在堂上佩剑肃立。

董卓大惊，连忙问："皇上在哪里？"

王允等人大喊："反贼在这里，武士们在哪儿？"

从旁边冲出数十名穿着铠甲的武士，用长矛刺杀董卓，董卓的铠甲非常厚重，根本刺不透。

这时，吕布迎面而出，手持诏书，大声宣布道："奉皇上诏书，捉拿反贼董卓！"说完，手持画戟，一戟刺透了董卓的喉咙。董卓当即死去了。

董卓当政期间，残暴无比，杀人如麻，给人民带来了深重的灾难。他死后，老百姓扶老携幼，走到街上载歌载舞，庆祝董卓被杀了。

### 【博闻馆】

## 方天画戟

戟是古代的一种兵器，形状和长矛有点像，唯有顶端和长矛略有不同。古代富贵之家，都将戟树立在自己的家门口，用以表示自己门第显贵。

吕布所用方天画戟，流行于汉代。这时的戟大都非常重，有的可达八十斤。画戟前面依旧是锋利的刀刃，但在中间多架了两道横梁，两面各装上一个倒装的半月形的利刃，兼具了勾、刺敌人的双重作用，是当时一种较为先进的武器。

历史上用戟的名人很多，三国时吴国之主孙权和他手下的大将甘宁都手执双戟。另外，除了武将在战场上用戟之外，文臣也用戟。如史载汉武帝时的名臣东方朔就曾执戟侍立在武帝身边。

晋代之后，出现了长枪，戟就不太被当作武器了，只是充当贵族的仪仗。到了唐朝，戟更是沦落到充当歌舞表演的道具。自从宋代之后，古代的戟渐渐消失了，取而代之的是一种叫戟刀的武器，不过这已经是另一种全新的武器了。

# 关公策马刺颜良

董卓死后，汉朝名存实亡，各路军阀继续混战，经过一段时间的战争厮杀，在北方，曹操和袁绍两股势力逐渐强大起来，陆续吞并了一些小的割据势力。当时暂时驻兵小沛的刘备被曹操打败，狼狈投奔袁绍。而他的义弟关羽，当时正守下邳，在被曹操大军包围了数日之后，也无奈之下投降了曹操。不过，他投降曹操时，曾通过自己的好朋友——当时在曹操麾下担任将军的张辽向曹操提出三个条件，第一是降汉不降曹；第二是善待当时留在下邳的刘备的两位夫人——甘夫人和糜夫人；第三个条件是如果有一天打听到刘备的消息，自己就离开曹营，到时请曹操不要阻拦。曹操觉得关羽提的第三个条件有点苛刻，但后来一想，关羽有万夫不当之勇，是个人才，所以还是答应了他。关羽一看曹操这么爽快，也就引着本部人马投降了。

曹操得到关羽之后，非常高兴，立刻将关羽引见给汉献帝。献帝命令曹操为关羽封官，曹操封关羽为偏将军，赐给关羽美女十人，金银珠宝无数，更将当日打败吕布后所缴获的赤兔马赐给关羽。

关羽除了将赤兔马留下之外，把曹操赏赐的美女，全部都送给了两位嫂嫂做侍女；把曹操所赐的金银珠宝，一一将数目抄写在纸上，封存在仓库中，一分一文都没有动用。

不过，关羽见曹操对自己情深意重，心中也暗暗感激。

他想："我一定要为曹公立下一件大的战功，以此作为报答，这样即使他日离开曹营，也不算辜负了曹公今日对我的厚爱。"

关羽铜像

关羽（约162－220），本字长生，后改字云长，河东解州（今山西运城）人，东汉末年著名将领，在当时便以忠信仁义为世人所称赞。关羽去世后，其形象逐渐被神化，后人为其立庙祭祀。后又经历代朝廷褒封，被尊崇为"武圣"，与被称为"文圣"的孔子齐名，可见其影响之深远。

一天，袁绍派遣大将颜良做先锋，进攻曹操的属地白马。

当时暂避袁绍军营的刘备，和颜良关系不错，他听说颜良要去攻打曹操，便在晚上偷偷拜见颜良，说："听说我的义弟关羽现在曹营，您这次出征曹操，如果见到他，请您转告他我在这里，让他到袁公这里来效命。"

颜良一听，这个容易，既能卖刘备一个人情，又能为袁公引荐一位智勇双全的大将军来，一举两得，何乐而不为？立马痛快地答应了刘备。

第二天，颜良便出征了。颜良是当时袁绍麾下第一勇将，骁勇善战，曹操不敢掉以轻心，连忙引大军十五万对抗颜良。双方对阵，颜良果然锐不可当，一连砍杀曹操两员大将，曹营上下震动，曹操大败而归。

关羽听说曹操惨败的消息后，便骑上赤兔马，手提青龙刀，带着近身的侍卫数人，从许昌赶到白马，主动向曹操请战，想要早日立下战功后，离开曹营寻找兄长刘备。

曹操也知道关羽的用心。他本来不想这么快就让关羽立下战功，离开自己，不过此时颜良大军压境，白马城眼看便要保不住，曹操心中犹豫不决，便带领关羽到阵前，对关羽说："你看颜良所排兵阵，四面八方，旗帜刀枪，密不透风，河北精兵在此，可谓雄壮啊！"

关羽傲然答道："我看这一切就像乡下人养的土鸡猪狗一般！"

曹操又说："我看颜良手下诸位将领，人像猛虎般雄壮，马像毒龙一样骁勇，真是壮士啊！"

关羽道："这不过是黄金做的弯弓，玉石制成的箭靶罢了，只是表面看起来好看，其实没什么用处！"

曹操又为关公遥指颜良说："那位横刀立马、穿着绣袍金甲的英雄便是颜良，他可是勇冠三军的将领啊！"

关公昂然应道："这在我眼中都不算什么！我虽然不才，愿意去万军之中取颜良的头颅献给丞相。"

曹操见阻拦不住，便让关公前去迎战。

关羽奋然上马，倒提着青龙偃月刀，跑下土山，凤目圆睁，灿眉直竖，来到阵前。颜良的部队见到这种状况，忙像波浪一样分作两边，让出一条大道。

此时颜良正在麾盖下威风凛凛地站着，忽然见关羽骑赤兔马朝自己奔来，一看相貌，正是刘备口中所说的义弟关羽，他便想当然地以为关羽是来询问刘备消息的，所以掉以轻心，根本没有做好迎战的准备。而此时的关羽，根本不知道刘备曾经嘱咐过颜良要打听自己的事情，一心只想立功。关羽本来就有万夫不当之勇，颜良就是全力迎战也不一定能战胜他，更何况此时颜良一点准备都没有，只见关羽手起刀落，颜良登时坠入马下而死。

颜良一死，手下兵士大乱，曹军趁机进攻，袁绍军队大败。白马之围就此解除。

回到曹营，曹操论功行赏，关羽功劳最大，被汉献帝封为寿亭侯。关羽的英勇神威，使得曹营上下大为震动，曹操钦佩地说："将军真是天神一样的威猛啊！"

关羽谦逊地说："我这点武功不足道啊！我的义弟张飞，字翼德，他才是真正的大英雄，在百万军队中取下上将的头颅，就像用手从口袋中取东西那样容易，他才是真正的豪杰啊！"曹操听说后大惊，连忙回头对左右侍卫说："今后如果遇到燕人张翼德，千万不可轻敌啊！"

过了不久，刘备派人秘密潜到曹营，对关羽说出了自己的栖身之所。此时关羽已诛颜良报了曹操对自己的恩德，因此立刻倒挂寿亭侯的金印，将曹操所赠的金银原封不动地存放在仓库中。关羽辞别曹操后，千里独行，护送两位嫂嫂，找到了刘备和张飞，兄弟三人在古城相聚，重新招兵买马，势力又逐渐强大起来。

【博闻馆】

## 赤兔马是怎样的马？

赤兔马是兔头的红马，据说为汗血宝马。我国很早就有专门相马、评定马优劣好坏的人，叫伯乐。伯乐相马，首先是看马的头部，因为头部是马的品种、品质、体能、齿口最明显的外部表现。而伯乐就依据马的头部形状，形象地将马分为直头、兔头、凹头、楔头、半兔头等几种。兔头马的特征是鼻以上部分微微向外突出，有些像兔子的头。

赤兔马长得高大强壮，四肢修长，全身是红火炭一般的颜色，没有半根杂毛，奔跑起来速度很快，人在远处看着，就好像一条火龙从天上飞下来一般，十分神骏威武。在《三国演义》中，董卓从西凉带来赤兔马，送给了吕布。吕布武艺超群，得到这匹宝马后更是所向无敌，所以当时人赞叹说："人中有吕布，马中有赤兔。"后来曹操杀了吕布，得到了赤兔马，又送给关羽。关羽死后，赤兔马也绝食而死。

# 孙策怒斩于吉

正 当曹操和袁绍在北方争霸时，南方的孙策取得了对江东的控制权。孙策当时年纪很轻，但是勇猛异常，他继承了父亲孙坚的事业，在谋士张昭和大将周瑜的辅佐下，连连打败敌手，成了江东的霸主，连曹操都称赞孙策像一头雄狮一样，难以与他争锋。可是曹操手下的谋士郭嘉却说："孙策虽然年轻有为，勇冠三军，但是有勇无谋，性格暴躁，恐怕会死于小人之手。孙策虽然拥有江东百万的军队，但不足为惧。"

郭嘉的话传到江东之后，孙策非常愤怒，当时孙策正被刺客所伤，在府中静养。听到郭嘉对自己的评价后，孙策当天便强撑着病体起身议论军政大事，并扬言要北上讨伐曹操。他对手下将士说："曹操挟持汉献帝屯兵许昌，自立丞相，实际是汉朝的国贼。我一定要攻取许昌，迎接献帝！"

谋士张昭劝告孙策说："医生劝您要休养一百天，并且在此期间不能动怒，这样才可以恢复健康。现在请您千万不要冲动！"

孙策气呼呼地说："郭嘉一介匹夫，竟敢议论我，我决不会容忍他！我估计刺杀我的刺客一定是曹操派的，我和曹贼势不两立！"

正在这时，恰好袁绍派人来江东联络孙策，想与他一起对付曹操。孙策心中大喜，立刻宣布在城楼召见使者。

正在饮酒的时候，忽然听见身旁的诸位将军都在窃窃私语，纷纷下楼。孙策非常奇怪，问侍从们发生了什么事情。侍从回答说："有神仙于吉从楼下经过，诸位将军都是去拜见于神仙的。"

孙策站在城楼往下看，果然看见街上站立着一位道人，身材高大，头发和胡须都是白色的，手上拿着高过头顶的拐杖，精神奕奕，满面红光。上至孙策手下的部将，下至一般的黎民百姓，都在街上焚香叩拜于吉。

孙策大怒，说："这是哪里来的妖人，竟敢与我争夺江东的老百姓。你们赶快去把他擒来！"

身旁的侍卫劝告孙策说："这个人住在东方，经常到我们吴地来，每天散发符水，免费为老百姓治病，救过很多人的性命。百姓非常敬重他，尊称他为'神仙'，这人是我们江东的福神啊，我们应当尊重他才是！"

孙策更加愤怒，大声呵斥说："你们竟敢违抗我的命令，是不想要命了吗？"说罢拔出剑来，便要砍杀侍卫。侍卫没有办法，只好走下楼去，将于吉带到孙策面前。

孙策呵斥于吉说："你这个狂妄的人，怎么敢用妖言欺骗煽动我的百姓？"

于吉不紧不慢地说："我在顺帝时入山采药，得到一本神仙书，上边写着各种医治病人的药方，这数百年来，我一直用这书上的药方为百姓治病，并且分文不取，您怎么能说我是蛊（gǔ）惑人心呢？"

孙策说："你分文都不曾收取，那你身上穿的衣服，口中吃的食物都是从什么地方来的？你肯定是一个妖人，我今天一定要杀死你！"说完，便要杀死于吉。

张昭赶忙上前劝告说："于道人在江东住了数十年了，从来没有任何过失，现在无故杀死他，百姓一定不服气啊！"

孙策拔剑喝道："我杀死这种妖人，就像杀死猪狗那样容易！"

诸位将领苦苦哀求孙策，并联名作保，孙策这才暂时消了怒气，将于吉押解在监狱中。

孙策回到府中，他的母亲吴太夫人劝他说："我听说你要将于道人杀死，于道人这些年在我们江东，救人无数，连军中发生瘟疫，也是于道人施舍的药水才止住的。于道人对我们江东有功，你为什么一定要杀死他呢？"

孙策不敢公然顶撞母亲，只好说："母亲不要听别人的谗言，我自然有办法处置于吉。"孙策出来，命人去监狱提取于吉。谁知狱卒都敬重于吉，根本没有给他上枷锁，

孙权雕塑（江苏省南京市）

孙权墓，史称蒋陵，又名吴王坟，位于现南京市钟山南麓，江苏省著名历史古迹。孙权，字仲谋，汉末吴郡富春人。他继承了父亲孙坚和兄长孙策的事业，建立了吴国政权，与蜀汉和曹魏政权三分天下，足称一代豪杰。

孙策突然要提拿于吉，他们才匆忙给于吉套上锁链。孙策知道后，更加愤怒，当场便要砍杀于吉。张昭等十几位重要的

谋士和将军都跪在地上，苦苦哀求，孙策还是不能罢休。最后，有一位叫吕范的谋士说："江东今年大旱，很久都没有下雨了，百姓都快要饿死了。我看让于道人为我们祈求一场大雨吧，如果到时真能下雨，就说明于道人不是妖人，主公便可以放了他了。"

孙策冷笑着说："哼哼，我倒要看看这个妖人的本领。如果今天午时还不能下大雨，我就要立刻斩了他，到时你们也就无话可说了吧？"

吕范悄悄对于吉说："我素来知道您能呼风唤雨，就请您为江东百姓求下三尺甘霖，解救百姓们的燃眉之急吧。如果您真的能够求下大雨，主公肯定会放了您的。"

于吉当即沐浴更衣，和为他求情的诸位将领一一告别，叹息着说："我愿意为江东的老百姓求一场大雨，解救万人的性命，可是我的性命一定保不住的，你们不用再为我求情了。"

诸位将领都劝慰他说："若您真的能求下大雨，主公一定会释放您的。"

于吉连连摇头，不再说话。他用绳子将自己捆绑起来，命人将自己抬到太阳底下暴晒。

孙策命人将一堆柴火堆在于吉脚下，扬言若于吉不能在午时求下大雨，便要将他活活烧死。

正在这时，忽然狂风大作，成千上万的老百姓拥到街上，来看于吉祈雨。到午时三刻，果然大雨倾盆，不一会儿，平地的水深便深达三尺。于吉仰卧在柴堆上，大喝了一声止，立刻云收雾散，太阳也出来了。诸将亲自将于吉搀扶下柴堆，带他去见孙策。

看到天上降下大雨，缓解了旱情，老百姓的欢呼声惊天动地。孙策看见自己手下的将领不管脚下的积水，都向于吉叩拜，孙策大怒说："这些人都是我的心腹将领，跟随我父亲和我征战多年，如今却向这妖人跪拜。于吉难道是想造反吗？下雨乃是上天的定数，并不是人能左右的，这人不过是运气好，偶然碰上了。"

众人都不敢再劝，孙策命令刀斧手立刻将于吉斩首，并将于吉的尸体横在街道上，不许人接近。

到了晚上，风雨交加，电闪雷鸣。第二天，于吉的尸首已经不见了踪迹。孙策大怒，又要将看守尸体的卫士杀死，不料朦胧中，忽然见于吉大踏步向自己走来。孙策大喝一声，想要拔出剑来，谁知刀疮崩裂，随即晕倒在地。

之后，孙策的身体越来越差，没过多久，孙策便病逝于江东，年仅26岁。他将政权传给了自己的弟弟孙权，命令张昭和周瑜辅佐他。

【博闻馆】

### 午时三刻是指现在的什么时间？

要知道午时三刻是指现在的什么时间，就得先了解一下我国古代最常用的漏刻计时方法。早在周代（约公元前600年左右），人们就已普遍使用漏刻来计时了。"漏刻"中的"漏"指下边有小孔的漏壶，"刻"指标有时间刻度的标尺，又称刻箭。

漏刻是以壶盛水，利用水均衡滴漏原理，通过观测壶中刻箭上显示的数据来计算时间。具体地说，漏壶分为播水壶和受水壶两部分。播水壶分二至四层，下边都有小孔滴水，滴水最后流入受水壶中。受水壶中有立箭，箭上刻分 100 刻，箭随蓄水逐渐上升，露出的刻数可以表明到什么时间了。

一昼夜 24 小时为一百刻，即相当于现在的 1440 分钟，一刻相当于今天的 14.4 分钟。而古代又把时间分为 12 个时辰，两个小时为一个时辰，午时在中午的十一点到一点之间。这样算下来，"午时三刻"相当于现在的中午 11 时 44 分左右。

# 官渡之战

孙策死后，将政权交给了弟弟孙权，当时孙权年纪不大，还没什么军事、政治方面的经验。曹操觉得有机可乘，便想趁这个机会去攻打江东地区。他手下的谋士劝他说："趁别人丧礼期间去讨伐人家，古人认为是不仁义的事情。况且万一咱们打败了的话，反倒永远和江东成了仇家，便宜了袁绍等人。不如您趁此机会厚厚地封赏他。"曹操想了想，确实有道理，于是便借献帝的名义，封孙权为讨虏将军，领会稽太守。孙权果然非常高兴地接受了任命。

曹操和孙权交好的消息传到袁绍耳朵里，袁绍非常愤怒。之前他曾经派人联络孙策共同对付曹操，没想到孙策一死，孙权反而和曹操联合起来，对付自己。他越想越生气，便集合了五十万大军，向官渡进发，要与曹操决一死战。

曹操得到消息，大吃一惊。他匆忙将辖区内所有的兵士都集合起来，一共聚集了七万兵马，驻扎在官渡，准备对付袁绍的五十万大军。曹操留下心腹谋士荀彧（yù）在许昌留守，主持政务。

袁绍五十万大军日夜赶路，不久便到达阳武，这时，他所带领的将士已经达到七十万人。他手下的谋士沮授对他建议说："我们的军队人数虽多，但是论勇猛善战，不如曹军；曹军虽然骁勇善战，可是他们的粮食不多，不能和我们僵持太久。所以我提议咱们不要主动攻击他们，而是要拖住他们，这样，用不了多长时间，他们粮草断绝，自然不战自败了。"

袁绍这个人心眼小，听不进别人的劝告，一听沮授说曹操的军队比自己的军队更加勇猛，立刻便不高兴了，他沉着脸说："大敌当前，你竟敢乱我军心，长别人的志气，灭自己的威风，你不想活命了吗?"沮授叹着气退出了袁绍的大营。

不久，袁绍军队到达官渡。

曹操听到报告，非常害怕，不知道该怎么办才好。他的谋士，荀彧的侄子荀攸劝他说："主公不要担心，袁绍的军队不足为惧。我们的军队都是精兵良将，以一当十，只要迅速结束战争，就可以取得胜利。就怕袁绍拖住我们，拖上四五个月，我们没有了粮草，就必败无疑了。"

曹操说："您说得对啊，这也正是我所担心的。"

第二天，袁绍引兵和曹操对阵，曹操用马鞭指着袁绍说："我曾经和你一起讨伐过董卓，咱们也算老相识了。现在我又在天子面前保举你做大将军，为什么你心里还老想着造反?"袁绍愤怒地回答说："你托名自己是汉朝的丞相，其实是汉朝最大的奸贼，你罪恶滔天，比王莽、董卓还厉害，你还敢诬陷别人造反?"二人话不投机，立刻布阵作战，结果曹军大败而归。

之后，曹操和袁绍隔几日便引兵对阵，各有胜负，从八月初到九月末，袁绍军队始终不退。曹操的军队军粮缺乏，人马疲惫，实在支持不下去了，曹操只好写密信给留守许昌的荀彧，让他筹措军粮，赶快送到官渡来。

谁料，这封信在半路却被袁绍的谋士许攸截住。许攸性格傲慢，而且非常贪财。年少时，他曾经和曹操是好朋友，成年之后，在袁绍的幕下当谋士。许攸截住了曹操的信件后，也顾不上当日和曹操的结交之情，赶忙把信揣到怀里，送到袁绍的大帐，想要为自己表功。袁绍看了曹操的信后，说："曹操诡计多端，这封信肯定是他的阴谋。"

许攸连忙分辩说："不会的，曹孟德肯定是弹尽粮绝了。现在曹军的精兵都在官渡，不如我们现在立刻偷袭他们的老巢许昌，将献帝劫持到咱们这边，然后假借天子的名义，再来讨伐曹操，到时他一定会顾头不顾尾，彻底溃败的。"

袁绍听见许攸这么说，一时也下不了决心。正在这时，有人送给袁绍一封密信，状告许攸和他的家人贪赃枉法，私自收取人家财物的事情。袁绍看了大怒，对许攸呵斥说："你这个道德败坏的小人，还敢在我面前献计？我知道你和曹孟德有交情，这次肯定是偷偷收了他的财物，故意来坑害我的军队吧！还不快滚？小心我一刀斩下你的头来！"

许攸又羞又怒，仰天长叹说："我本是一片忠心，谁知碰到这样昏庸的人！"

他的随从趁机说："像袁绍这样的人，不听忠言，早晚有一天会被曹操所害。主人既然和曹公有交情，不如去投奔曹公，比跟着袁绍好多了！"

许攸一听这话，很有道理，立刻连夜潜逃到了曹营。

曹操正在军帐中，愁闷地睡不着觉，忽然听见侍卫说许攸来求见。曹操一听，高兴地连鞋子都没有穿，便跑出帐去，远远看见许攸，便拍着手说："子远（许攸的字）来了，我的事业就要成功了！"

许攸刚要拜见曹操，曹操却一把拉住他，自己先拜倒在地。

官渡之战遗址

官渡之战，是东汉末年"三大战役"之一，也是中国历史上著名的以弱胜强的战役之一。东汉献帝建安五年（200），曹操的军队与袁绍大军相持于官渡（今河南省郑州市中牟县东北），并在此展开战略决战。曹操军队奇袭袁绍大军在乌巢的粮仓，从而大败袁军主力。此战奠定了曹操统一中国北方的基础。

许攸慌忙扶起曹操，说："您是汉朝的丞相，我不过是一介布衣，没有什么官职，您为什么对我这么客气呢？"

曹操笑着说："子远是我年轻时结交的好朋友，岂能用官职来定尊卑！"

许攸说："袁绍有眼无珠，所以我特地来投奔您，不知您是否肯收留我?"

曹操说:"我向来知道子远是忠义仁厚人,你来我这里,我当然是打心眼里欢迎。不知子远来这里对我有什么指教?"

许攸说:"我本来向袁绍献计,要偷袭你的都城许昌,到时你首尾难顾,一定大败,谁料袁绍不听。"

曹操听后大吃一惊,连忙下拜说:"如果袁绍运用这个计谋,我肯定必死无疑。还望先生教我破解袁绍的方法。"

许攸慢悠悠地问:"那我敢问丞相军粮还可以支撑多长时间?"

曹操说:"大概一年吧!"

许攸摇摇头说:"恐怕不对吧?"

曹操说:"大概半年!"

许攸变了脸色,抬脚就走,边走边说:"我对您是诚心相待,谁知您却一再欺骗我!"

曹操连忙起身拉住许攸的手,诚恳地说:"子远不要生气,兵不厌诈嘛,实际上军粮只可以支撑三个月了!"

许攸笑着说:"怪不得人家说曹孟德是奸雄呢,今天看来果然是这样子。据我所知,你的粮草已经断绝了!"说完便将截获的曹操写给荀彧的密信拿了出来。

曹操看了大惊,连忙拉住许攸的手说:"子远看在当年我们结交的情分上,一定要教我破敌的方法。"

许攸说:"您和袁绍力量悬殊太大了,如果再这么对抗下去,只有死路一条。我有一个办法,保证您三日之内,就能使袁绍率领百万军队退离官渡。"

曹操诚恳地说:"请先生说说您的看法。"

许攸说："袁绍的军粮全都囤积在乌巢，就是在袁绍军营以北四十里的地方。现在袁绍派了一个叫淳于琼的人在那里守卫粮草。淳于琼是个喜欢喝酒，没什么大本领的人，每天都要喝个烂醉。您可以趁淳于琼不备，在夜里偷偷率领一支精兵偷袭乌巢，一把火将粮草烧了，没有了粮草，袁绍必定会引兵撤退的。"

曹操一听大喜，连夜带手下大将，袭击了袁绍的乌巢大营。淳于琼果然没有什么防备，曹军不费吹灰之力，便将袁绍几十万粮草一把火烧得精光。

袁绍手下一看军粮烧尽，人心惶惶，仓皇撤退。曹操带领将士趁机追赶，曹军本来善战，袁绍军马又无心作战，只想尽快逃命，结果被曹军追杀得溃不成军，死者不计其数。最后，袁绍仅带着身边的侍卫亲信八百多人，狼狈逃回冀州。

官渡之战，曹操以少胜多，打败了袁绍，奠定了统一北方的基础。而袁绍从此元气大伤，一蹶不振，不久病逝。他的儿子们为了争夺军权，互相攻击，后被曹操各个击败。从此，袁氏一族退出了历史舞台。

### 【博闻馆】

**太守是什么官？为什么曹操封孙权为会稽太守，孙权特别高兴？**

太守的名称最早始于战国时代，当时战国各国在边地设郡，派官防守，官名为"守"，太守为尊称。秦统一六国后，实行郡、县两级地方行政区划制度，每郡置守，治理民政。

西汉景帝时，郡守改称为太守。

太守作为汉代地方的最高行政长官，属于高级官员，不仅掌管选拔人才、发布政令、决断诉讼等，还可以对属下的官员自行任免，权力很大。所以当曹操借汉献帝的名义，封孙权为会稽太守时，孙权很高兴。

# 刘备三顾茅庐（一）

**官**渡之战后，曹操势力大增，逐渐消灭了周围一些小的割据势力，刘备集团在北方站不住脚，只好去投奔荆州刺史刘表。

刘表将他安置在荆州附近的一个小县新野。刘备在新野时，听说南阳名士诸葛亮有过人的才华，便想请他出山，帮助自己打江山。

诸葛亮号称"卧龙先生"，有安定和治理天下的才能，当时隐居在隆中的卧龙岗，有很多权贵都想请他出山辅佐自己，但他都不同意。于是，刘备决定亲自去隆中拜谒诸葛亮，请他出山。

这一天，天气非常寒冷，滴水成冰。刘备冒着严寒，带着关羽、张飞两人到隆中卧龙岗拜谒诸葛亮。在诸葛亮的草庐外，刘备恭恭敬敬地对守门的童子说："汉左将军、宜城亭侯、领豫州牧、皇叔刘备，特来拜见诸葛先生。"

没想到童子眼皮都没有抬，冷冷地说："你这么长的名字官衔，我可记不住！"

刘备一点都没生气，而是更加谦和地说："那你只说是刘备来拜见先生。"

童子道："先生今天早上一大早就出去了，现在不在家。"

刘备连忙问："到哪里去了？什么时间回来？"

童子说："先生向来行踪不定，我也不知道他去了哪里。一般他出门，少的时候三五天便回来，多的时候十几天才回来，谁也说不准。"

武侯高卧图（明代）

《武侯高卧图》为明宣宗朱瞻基的作品，现藏于北京故宫博物院。武侯即为诸葛亮，因诸葛亮生前曾被封为武乡侯，死后又被追谥为"忠武侯"，故后人尊称其为武侯。今河南南阳和四川成都建有武侯祠。

刘备失望极了。旁边侍立的张飞不耐烦地说："既然他不在家，咱们回去就是了。"

刘备说："不着急，咱们再等等吧！"

这时关羽劝说道："不如咱们现在先回去，下次来拜见之前，先派人来看看诸葛先生在不在家。"

刘备听关羽这么一说，也只好先回新野，临走时还一再殷勤地叮嘱守门的童子说："一定要告诉先生刘备曾经来拜见过。"童子也不太搭理他，只是冷淡地点点头。

过了几天，刘备派人专门去看看诸葛亮是否在家。不久，使者回报说："卧龙先生已经回家了。"

刘备大喜，连忙准备礼物，立刻便要去拜见诸葛亮。

张飞拦着说："一个山野村夫，还不知道有多大的本领，哥哥何必亲自去拜见他？让手下人去把他唤来就行了。"

刘备责备他说："孔明（诸葛亮的字）先生是当今世上的大名士，我们怎么能随便召唤他呢？必需要亲自去拜见才可以。"说完，便骑上马赶往隆中。张飞和关羽见刘备这么坚决，也只好跟随着他一起前行。

这天阴云密布，寒风凛冽，天上飘着鹅毛大雪。刘关张三人冒着风雪严寒，一路向隆中进发。

途中，张飞向刘备抱怨说："这么冷的天气，根本没必要去拜见那些只是徒有虚名，其实并没有什么大用处的人，我看咱们不如掉转马头回新野去，也可以避一避这场大风雪。"

刘备坚定地说："我特意选择这样的天气去拜见，就是为了让孔明先生看到我的诚意。如果两位弟弟怕冷，就请先回去吧。"

张飞说："跟着您，我们死都不怕，还怕冷吗？我只是担心哥哥太冷了，所以才劝您的。"

刘备说："既然不怕冷，那就不要多说了，赶快和我赶路吧！"

弟兄三人顶着风雪，走了大半天才到隆中。

这次童子告知三人说："先生正在草堂读书。"

刘备随童子而入，果然见草堂上有一位年轻人在吟唱诗歌。

等到这人唱完后，刘备到草堂施礼说："刘备钦慕先生很久了，一直无缘和您相见，前几天来拜访过您，没想到您不在家。今天冒着严寒风雪而来，终于见到了您，真是我的荣幸啊！"

那人听见刘备这么说，连忙起身回礼说："您就是刘将军吧！您是来见我的兄长吗？"刘备惊讶地说："难道您不是卧龙先生吗？"

年轻人笑着说："我是卧龙先生的弟弟诸葛均。我们兄弟三人，大哥诸葛瑾在江东，做孙权的谋士，二哥便是卧龙先生。昨天二哥有朋友来约，跟随朋友出去了。"

刘备失望地说："没想到今天还是没有缘分见到卧龙先生。不知先生什么时间能回家？"

诸葛均回答说："不知道。不过等到二哥回来，我请他去刘将军那里回礼便是了。现在先请您回去吧。"

张飞见诸葛均不冷不热的样子，忍不住怒道："哥哥还问他做什么，孔明既然不在，我们赶快回新野去吧！"

刘备连忙止住张飞，谦和地说："既然卧龙先生不在，那我留下一封书信，告诉先生我曾经来拜见过他。这次没见到先生，下次我再来吧。"于是修书一封，交给诸葛均，然后带着关张二人回新野去了。

## 【博闻馆】

### 诸葛亮的夫人是个什么样的人？

诸葛亮、孙策和周瑜都是当时名重一时的青年才俊。诸葛亮出山时才 27 岁，英俊潇洒，名满天下。但他和孙策、周瑜不同的是，孙策、周瑜分别娶了江东的美女姐妹大乔、小乔为妻，是典型的英雄配佳人；而诸葛亮娶的却是一位让人大跌眼镜的丑夫人黄硕（民间称其为黄月英）。据史书记载，黄硕是荆州名士黄承彦的女儿，是当时举世皆知的丑女：皮肤黝黑，头发枯黄，面目十分丑陋。唯一可以与诸葛亮相配的，就是她才智过人。而诸葛亮也正是看上了黄硕这一点，毅然娶了她作自己的贤内助。不过民间可不了解诸葛亮"娶妻娶贤"的高尚品格，他们戏谑这位才高八斗的卧龙先生说："莫作孔明择妇，正得阿承丑女。"

# 刘备三顾茅庐（二）

**刘**备连续两次去隆中，都没有见到诸葛亮，因此想第三次去拜见他。关羽沉不住气了，劝刘备说："兄长已经亲自去隆中两次了，从礼法上讲，已经做到仁至义尽了。我想诸葛亮肯定是个徒有虚名的人，没有什么真才实学，所以不敢见您，每次都故意躲避。我劝您不要再去见他了！"

刘备说："不是这样的。真正贤明的人，是很难见到真面目的。卧龙先生是真正的大贤，当然很难见到啊！"

张飞在旁边嚷道："哥哥被骗了吧！这种山村中的农夫野人，算什么真正的大贤。今天不需要哥哥去了，我去跑一趟，他如果不来，我一条绳子将他捆过来，献在哥哥面前！"

刘备生气地说："胡说！你难道没有听过周文王恭恭敬敬对待姜子牙的事情吗？贵为周文王，都这样尊重贤明的人，你怎么敢这样无礼？今天你不要去了，我和云长去就可以了！"

张飞一见刘备发怒了，也不敢再说气话，自己嘟嘟囔囔地说："既然两位哥哥都去，那我也跟着去就是了。"

刘关张三兄弟骑着马，又一次来到隆中。

距离诸葛亮的草庐还有半里，刘备便下马，亲自牵马步行，刚好在路上碰见诸葛均。

刘备连忙施礼问道："今天令兄在家吗?"

诸葛均说："昨天刚刚到家,将军快去吧!"说完,径直走了。

刘备用手抚着额头说："今天终于侥幸可以见到先生了,真是幸运啊!"

卧龙岗遗址(河南省南阳市)

在《出师表》一文中,诸葛亮曾说自己"躬耕于南阳"。由此,河南南阳名闻天下。魏晋时期就有人在南阳建庙纪念诸葛亮。宋仁宗年间,人们又在河南南阳卧龙岗建立武侯祠来纪念诸葛亮。

张飞却看着诸葛均远去的背影说:"这个人太没礼貌了,见到我们应该主动带着我们到庄上去才对啊,怎么可以自己先走了呢?"

刘备抚慰他说:"每个人都有自己的事情,我们何必强求别人?"

兄弟三人一路说话,很快走到了草庐外。

刘备照例请童子通报。

童子说:"先生今天倒是在家,只是正在床上睡觉。"

刘备连忙说:"那不必叫醒先生了,我们在外面等着先生睡醒吧。"说完，便吩咐关羽和张飞在门口守着。刘备走到草堂中，见诸葛亮果然在呼呼大睡。

刘备拱手立在阶下，静静等待。过了半晌，诸葛亮还没有醒。关羽和张飞二人在门口等了半天，见没什么动静，便走进草堂，刚好看见刘备在阶下侍立。

张飞登时大怒，对关羽说："这先生怎么这么傲慢，知道哥哥在阶下站着，他竟然还敢呼呼大睡！你等着我，我去后堂给他放一把火，看看他起不起来！"

关羽再三地劝说他，好不容易才劝下了。

刘备让关羽和张飞仍然到门外等着，自己仍然站在阶下。又过了很长时间，忽然见诸葛亮翻了个身，刘备以为他要醒来，谁知诸葛亮竟然又睡了。

旁边站着的小童这时也觉得很过意不去，便想上前将诸葛亮叫醒。

刘备连忙阻止说："还是让先生睡吧，不要打扰他。"

刘备又站了两个小时，只觉得头晕眼花，双腿发麻，简直快要晕过去了。这时，诸葛亮忽然伸了个大懒腰，口中吟道："大梦谁先觉，平生我自知。草堂春睡足，窗外日迟迟。"

吟完诗歌后，诸葛亮翻身问童子道："今天有客人来访吗？"

童子说："刘皇叔在这里等了很久了！"

诸葛亮连忙起身说："为什么不早告诉我？请等我一下，

我去换一套衣服再来接待客人。"

过了一会儿，刘备见诸葛亮从内室走出，英气逼人，气宇轩昂，仿佛神仙一样。

刘备连忙施礼说："涿郡愚夫刘备，前来拜见先生。"

诸葛亮也忙还礼说："刘皇叔太客气了。前几天我看了您留给我的书信，知道将军是皇亲贵胄，一心想恢复汉朝皇室的尊严，重新安定天下。您拯救天下苍生的苦心令我非常感动，不过我只是南阳一个山野村夫，并没有什么见识，您还是请回吧！"

刘备诚恳地说："您太谦虚了。我早就听说您的大名，民间流传说'卧龙凤雏，得一而安天下'（凤雏指另一位名士庞统），今天有幸见到您，就是想向您请教一下您对天下大事的看法。"

诸葛亮看见刘备如此诚恳，也就不再摆架子了，他敞开心扉，严肃地说："既然将军如此说，我也就不推辞了。现在我就把自己的意见说出来，请您不要见笑。自从董卓篡权之后，天下的豪杰都起来讨伐他，董卓死后，天下四分五裂。在北方，曹操和袁绍相争，官渡一战，曹操打败了强大的袁绍，实力大增，现在已经在北方扎下了根，很难再动摇他的根基了。江东一带，孙权父子兄弟已经统治了三代，人民都拥护他们的统治，而且他们又有长江天险做屏障，所以只可以和他们做朋友，想要攻打他们，摧垮他们的政权是很困难的。现在只剩下了巴蜀一带，沃野千里，还没有合适的人统治。将军如果想恢复汉室，应该先占据这片土地，然后再慢慢统一全国。"

刘备听了诸葛亮这番精辟的议论，佩服得不得了，他拱手向诸葛亮说："先生一席话，让我茅塞顿开。我虽然没有什么才德，但是请先生不要嫌弃我鄙陋，出山帮助我恢复汉室吧！"

诸葛亮推辞说："我已经习惯了耕读的生活，恐怕不能同您一起开创事业啊！"

刘备流着眼泪请求说："先生如果不出山，那么谁能拯救天下正在忍受战乱之苦的老百姓呢？"

诸葛亮听见刘备这样说，便不再推辞："既然将军不嫌弃我，那我一定效犬马之劳，帮助您恢复汉室。"

刘备听了大喜，连忙叫关羽、张飞进来拜见诸葛亮。不久，他便封诸葛亮为军师，对他言听计从，共同致力于恢复汉室的事业。

## 【博闻馆】

### "莽张飞"真的很鲁莽吗？

民间称张飞为"莽张飞"，意思是他行为举止鲁莽、轻率，说话做事不经太多考虑，没有多少心计。但是，这只是张飞性格的一部分。作为刘备的得力助手，五虎将之一的张飞，其实是有勇有谋、智勇双全的一代豪杰。

在刘备和曹操争夺蜀中之地时，曹操派手下大将张郃（hé）去攻打张飞。张郃机警勇猛，建了不少战功。于是曹操派他去进攻"莽张飞"所镇守的地方，以为他肯定会不辱使命。张郃自己也信心十足，天天守寨不出，想等张飞露出破绽，再乘机攻打。张飞便设计每天佯装喝得醉醺醺的，然后坐到山前破口大骂。张郃一看很高兴，觉得好机会来了，便深夜带兵去劫寨。因张郃根本想不到张飞这样的鲁莽汉子也会用计，结果中了埋伏，被打得丢盔弃甲，一败涂地。后来，民间有个歇后语：张飞绣花——粗中有细。

# 长坂坡赵云救阿斗

刘备自从得了诸葛亮之后，对他非常尊重，常说自己得了诸葛亮就如同鱼儿得了水。诸葛亮也兢兢业业，鞠躬尽瘁，与关羽、张飞等人一起辅佐刘备，想以新野为根据地，慢慢向外扩展。

此时，荆州的政治形势发生了很大的变化。荆州刺史刘表病死，他的小儿子刘琮继位，因为惧怕曹操的势力，竟然将荆州献给了曹操。曹操立刻派兵马接管荆州地区，用大批兵马团团围住新野，想要消灭刘备的武装力量。

刘备一听到这个消息，立刻撤出新野，准备避难江陵。谁知新野十万百姓留恋刘备宽仁慈厚，不忍相离，竟然跟随在刘备大军之后，想要一起逃往江陵。这样一来，刘备的三千军马，一日只能走十几里路，眼看就要被曹军赶上。刘备手下的谋士都劝他赶快弃民逃走，刘备不听。没过几日，刘备果然被曹军追上。刘备军队大败，妻子儿女也在乱军中失散。

张飞护住刘备，拼死才保住性命。二人喘息未定，一看身边只有数百人跟随，十万百姓及负责保护刘备家眷的大将赵云等都不见了踪迹。刘备看见这种惨状，不禁落泪。忽然前方有人来报告说："赵云投降曹操去了！"

张飞一听大怒，说："这家伙一定是看见我们穷途末路，投降曹操了！"

刘备斥责他说："不可能。子龙（赵云的字）是在危难中跟随我的，对我一片忠心，我不信他会投降。"

张飞说："哼！我要亲自去看看，如果他真的投降了，我就一枪刺死他。"说罢，便亲自横矛立在长板桥上，向西眺望。

原来赵云保护刘备家眷前行时，途中遇到了曹军，他拼力厮杀了一番后，发现刘备的甘夫人和糜夫人都不见了踪迹，连刘备唯一的儿子阿斗（刘禅）也在乱军中失散了。他心想："主公将家眷交给我护卫，是对我的信任。如果找不到他们，我还有什么面目去见主公？不如拼着一死，再回头去寻找两位夫人和小主人的下落。"

赵云拍马回到乱军中，只见尸横遍野，四处都是断壁火光。赵云好不容易找到一位仓皇逃命的百姓，向他打听甘夫人和糜夫人的下落。那人说："刚才看见两位夫人抱着公子，跟随一群妇女在后面逃命。"

赵云连忙拍马快行，果然在前面数里找到了甘夫人。甘夫人哭着说："我本来和糜夫人两个抱着阿斗逃命，谁料来了一队曹军将我们冲散，现在不知糜夫人带着阿斗去哪里了。求将军一定要救救她们二人的性命！"

赵云满口答应，立刻护送甘夫人到长坂坡。不料长坂桥上早已站立着一个人，执丈八长矛，大声喝道："赵云，你为何反叛了我哥哥去投降曹操？"

赵云一看，原来是张飞。赵云说："我因为找不见两位夫人和小主人，所以落在了后面，你怎么诬陷我投降了曹操？甘夫人在这儿，你快来保护夫人。我还要去寻糜夫人和小主人。你告诉主公，我赵云誓死都会效忠他的。"

说罢，头也不回，拍马而去。

赵云又一次冲入乱军中，一路打听糜夫人的下落。后来，听到有人说："糜夫人抱着孩子，腿上受了伤，走不动，只好在后面的矮墙旁坐着。"

赵云按照那人说的线索，在矮墙下的枯井边找到了糜夫人。糜夫人腿上中枪，鲜血直流，怀里紧紧抱着阿斗。

赵云连忙下马拜见糜夫人。

赵云救阿斗（民国粉彩瓷罐）

赵云，字子龙，三国时常山真定人（今河北正定南），是三国时蜀国著名将领，深受刘备器重。《三国演义》中，赵云和关羽、张飞、马超、黄忠合称为"五虎大将"，他骁勇善战，忠肝义胆，深受后人喜爱。

糜夫人哭着说："今天能够见到赵将军，阿斗便可以活命了。还望您可怜他父亲戎马半生，只有这一个儿子，一定要救救他！"

赵云说："夫人放心，我一定会救您和小主人出去的。现在请您上马，我步行死战，保护夫人和小主人杀出重围。"

糜夫人摇头说："您没有马怎么能杀出重围？我已经受了重伤，不能拖累你们。只要您能将这孩子带到他父亲面前，我就死而无憾了！"

赵云听见曹军呼喊声渐近，一再催促糜夫人上马："夫人若不上马，一会儿曹军赶到，夫人怎么办？"

糜夫人听见赵云这样说，忙将孩子送到赵云怀中，口中说道："我绝不能连累将军。您赶快带着这孩子走！"说完，翻身投入枯井中而死。

赵云一看糜夫人如此忠贞，只好擦了把眼泪，将旁边的土墙推倒，覆住井口，以防被曹军发现。然后将阿斗捆在自己的胸前，提枪上马突围。

背后曹军已经赶到，赵云护送阿斗，一路死战前行。

曹操此时正在山顶观战，忽然看见一员战将左冲右杀，有万夫不当之勇。曹操连忙问左右那人是谁。手下禀报说那人是常山赵子龙。曹操连忙下令说："这真是一员虎将啊！你们不要杀死他，更不许放冷箭射他，一定要捉活的，让他为我效命！"这道命令一下，曹军都不敢死命阻拦赵云。赵云也因此杀出重围，鲜血把战袍都染红了。

赵云一路死战到了长板桥。张飞横在桥上，远远看见，大声说道："子龙先走，这儿交给我。主公在前面，你赶快去追。"

赵云见张飞这样说，骑马继续向前奔驰，终于追上了刘备等人。

赵云下马哭拜刘备说："赵云罪该万死，没有保护好您的家眷。糜夫人重伤，不肯上马，投井而亡。我只好怀抱小主人，一路厮杀而来，幸亏在这儿见到您。"说罢打开胸前捆着阿斗的襁褓，递给刘备。此时阿斗仍在酣睡。

刘备看见血染战袍的赵云，眼中滴下泪来："为了这个黄口小儿，几乎损了我一员大将！"说罢，便将手中的阿斗掷到桥上。

赵云连忙将阿斗从地上抱起来，双眼含泪，跪在地上对刘备说："赵云即使肝脑涂地，粉身碎骨，也不能报答主公对我的恩德。"

跟随在刘备身边的将士们也深感主公仁德，纷纷落泪，表示誓死都要追随刘备。刘备见状，亲自扶起赵云，召集残军，继续向江陵进发。

**【博闻馆】**

### "黄口小儿"是什么意思？

"黄口小儿"的来历跟孔子还有点关系呢。孔子当年周游列国，一次在路上见到一个捕鸟人在捕鸟。孔子也是个好奇心强的人，就探头看别人都捕了些什么鸟。他发现笼子里都是些刚出生不久，鸟嘴还是嫩黄的小麻雀。

孔子觉得奇怪，就问："为什么没有捕到一些大麻雀呢？"

捕鸟人说："大麻雀的警惕性很高，不容易捕到；而这些黄口小雀见到地上撒有粮食，就一个劲儿地吃，所以很容易捕到。"

　　因这些黄口小麻雀贪吃而不顾身边的危险，所以后来人们就用它们来比喻那些年幼无知的人。我们在古代小说中经常看到说某人是"黄口小儿"的话，就是喻指此人年幼无知，经验不足，还不能担当重任。

# 诸葛亮舌战群儒

自从刘琮将荆州献给曹操后，曹操便下令：首先要消灭屯兵在新野的刘备。

刘备听到消息后，仓皇从新野奔往江陵，谁料曹操又提前一步占领了江陵。刘备没有办法，只好暂时驻扎在江夏。

这时，新得了荆州的曹操想趁机统一全国，于是率领八十三万大军南下，想要征服江东的孙氏政权。

刘备趁这个机会，立刻派出诸葛亮出使东吴，想联合江东，共同抗曹。

诸葛亮到了江东后，没有先去拜见自己的哥哥——在江东做谋士的诸葛瑾，而是由江东名臣鲁肃引荐，先和孙权手下的谋士们进行了一番辩论。诸葛亮知道，只有说服这些儒生谋士们，才有机会觐见孙权，向他转达刘备联吴抗曹的计划。因此，他一点都不敢马虎，正襟危坐，一个人面对数十位江东谋士的提问和挑战，没有半点胆怯。

当时曹操进军东吴的消息已经传到了孙权的阵营。孙权手下的文臣武将，有的想投降，有的想抵抗。文臣的首领张昭便主张投降，因此，他见诸葛亮想游说东吴共同抗曹，心中不大高兴，便趁这个机会，第一个出来刁难诸葛亮说："我是江东偏僻地方的人，但很久以前就听说了卧龙先生的大名。听说您在卧龙岗隐居，将自己比喻为古代的名臣管仲、乐毅，能够帮助人主建功立业。刘豫州（指刘备）为了让您辅佐他，三次亲临您的草庐，请您出山。得到您之后，他对身边的人说自己如同鱼儿得了水，以为从此可以在新野站住脚，然后再图谋荆州。谁料曹操大军一到，不但荆州归了曹军，连新野你们也待不住了。请卧龙先生解释一下，这是为什么呢？"

舌战群儒（邮票）

诸葛亮一听这番话，心想："这真是来者不善啊！不过张昭是孙权手下第一谋士，如果我不先难倒他，怎么去劝说孙权？"当下高声回答道："荆州本来不难得。刘表在世时，曾经几次将荆州让给刘豫州，但是我的主公刘豫州忠厚仁义，几次推辞不要。结果刘琮一个十四岁的小儿继任，听信周围人的谗言，将荆州出让给了曹操。现在刘豫州屯兵江夏，正在等待机会东山再起呢！"

张昭听了诸葛亮的回答，嘿嘿冷笑了两声，继续追问道："您要是这样说，就和自己当初自比管仲、乐毅的志向相违背了。管仲和乐毅都是古代的名臣，能够帮助自己的君主建立不朽的功勋。可是先生您帮刘豫州做了什么呢？刘豫州在没有得到您之前，还能攻城略地，纵横天下，是人人仰慕的大英雄；得到了您之后，却被曹操追得狼狈不堪，四处逃命，甚至连一个落脚的地方都找不到。为什么刘豫州得到您之后，反而不如从前了呢？我的话说得有些直率，请您不要见怪！"

诸葛亮听完张昭的话后，哑然一笑，从容地说："我听说人要是感染了重病，必须要慢慢地治疗才可以复原，没有什么灵丹妙药可以让人一下就好起来。刘豫州被曹操打败，暂时依附刘表，寄居在新野，兵士还不满千人，将领只有关羽、张飞和赵云三人。新野是小县，人民很少，粮食不足，刘豫州只是暂时居住在这里而已，并没有长期驻扎的打算。至于刘琮投降曹操，也是事出突然，刘豫州事前并不知道。而且，刘豫州之前也没有趁刘表家族内乱时，抢夺他的政权，这是大仁义啊！更何况当日刘豫州从新野撤兵时，有数十万百姓不忍相离，跟随在军队后面，使得军队一日才行十几里，错过了抢夺江陵的好机会，但即使这样，刘豫州也没有放弃跟随他的百姓，而是甘心与他们共存亡，这难道不也是大仁义吗？天下有几个人能做到刘豫州这样的仁义呢？当时刘豫州兵少，曹操兵多，失败是肯定的。胜败是兵家常有的事情，就算是汉朝的名将韩信，在辅佐汉高祖刘邦时，也有过打败仗的时候，并没有百战百胜啊！"

这一席话，说得张昭哑口无言，坐在那里直发愣。

这时，又有一位谋士名叫虞翻的，厉声出来质问诸葛亮说："曹公现在屯兵百万，有数千优秀的将领，你对这有什么看法？"

诸葛亮笑着说："曹操收的是袁绍和刘表的一群乌合之众，没有什么战斗力，虽然嘴上说有数百万的兵士，其实并不值得害怕！"

虞翻冷笑着说："你们刚刚战败，在江夏都还没站稳脚跟，现在跑到我们江东来求救，竟敢还这样大言不惭，连曹公数百万军队都不放在眼里。哼！"

诸葛亮不卑不亢地回答说："刘豫州率领的是数千仁义的部队，怎么能敌得过曹操残暴的百万之师？现在我们暂时退居江夏，是在等待时机。你们江东军队精壮，粮食充足，又有长江天险，有这么好的条件，你们这帮谋士还不顾天下人的耻笑，怂恿着主公投降。从这方面来讲，刘豫州是真的不怕曹操，害怕曹操的怕是你们这些人吧！"

虞翻听完这一席话，脸上红了一大片，再也不敢为难诸葛亮了。

虞翻之后，又有几位谋士陆续起来发问，都被诸葛亮三言两语挡了回去。其余的谋士，见诸葛亮如此善辩，都不禁偃旗息鼓，再也不敢吭声了。

鲁肃见到这样的场面，也不禁佩服诸葛亮的智慧和口才。不久，他便将诸葛亮引荐给江东之主孙权，孙权接受了诸葛亮的建议，同意与刘备一起，共同抵抗曹操。

【博闻馆】

## 管仲、乐毅是怎样的人？

管仲和乐毅是春秋战国时期赫赫有名的人物。管仲是春秋时期齐国人，他有经天纬地之才，他的朋友鲍叔牙在齐桓公面前大力推荐他，说："如果您想要治理好齐国，有我就足够了；您想要称霸天下，就非管仲不可了！"于是，齐桓公任命管仲为丞相来辅佐自己。此后，管仲一展自己的聪明才智，全面改革齐国的内政外交政策，三年下来，就使得齐国兴盛起来。他做了四十年丞相，辅佐齐桓公成为春秋时期的第一霸主，被称为"春秋第一相"。

　　乐毅是战国后期杰出的军事家。他本是魏国人，当时燕国的国君燕昭王求贤若渴，知道他出身于名将世家，很有才华，就在他出使燕国时，恳请他留下来辅佐自己。乐毅于是在燕国训练军队，改革政治，使燕国振兴了起来。在公元前284年，他统帅燕国等五国联军攻打齐国，一连攻下齐国七十多个城池，划为燕国的郡县，报了昔年强齐伐燕之仇。

# 蒋干盗书

**公**元208年,曹操率领水陆大军八十三万攻打江东,想要征服孙权政权。孙权接受了诸葛亮的建议,决定联合刘备的力量,共同抗曹。他任命周瑜为大都督,鲁肃为赞军校尉,全力对付曹操大军。

曹操下了战书,本来想让孙权乖乖投降,不料孙权不但不投降,反而和自己的老对头刘备联合起来,共同对付自己,这让曹操非常愤怒。他对手下的谋士们说:"你们谁有办法可以对付孙权和周瑜?"

这时,一位叫蒋干的谋士站出来说:"我以前和周瑜一起读过书,我愿意凭我的三寸不烂之舌,去劝说他投降。"

曹操一听大喜,忙说:"子翼(蒋干的字)能去江东劝降,那太好了,不知你还需要什么帮助吗?"

蒋干干脆地说:"我什么都不需要,只要一名僮仆跟随我,主公就等我的好消息吧!"

曹操听了非常高兴,连忙安排一艘小船将蒋干送到周瑜的大营。

此时,周瑜正在为曹操的水军力量发愁呢!当时,曹操任用荆州的降将蔡瑁、张允督管水军,蔡、张二人自幼在荆州、襄阳一带长大,熟悉水性,对操练水军很有办法,所以他们帮助曹操训练的水军,章法有度,战斗力很强,因此周瑜觉得蔡瑁、张允二人是自己的心头大患,如果能想办法除去他们就好了。但是想什么办法好呢？正在周瑜为这个问题烦恼忧心的时候，忽然听见门外的侍卫报告说："您的朋友蒋干来拜访您。"

周瑜一听，计上心头，笑着对周围的心腹将士说："这是曹操派来劝说我投降的人啊，现在我有办法除掉蔡瑁和张允了！"

说完，周瑜偷偷向旁边的人安排了一番，然后换上锦绣衣裳，带着数百个侍从，出来接见蒋干。

蒋干一看周瑜这么大排场，并没被吓倒，而是不卑不亢地问候说："公瑾（周瑜的字）这些年过得还好吗？"

周瑜笑着说："子翼大老远地跑来看我，不会是特地来问候我吧？我想你肯定是替曹操来劝我投降的！"

蒋干故意假装惊讶地说："我和你分别很多年了，今天特地来拜访你，你怎么说我是来替曹公劝降你的呢？你对老朋友这么没礼貌，那我告退了！"

周瑜大笑着走上前去，上前挽住蒋干的胳膊说："我就是怕你做说客才故意这么说的，既然你没有这个意思，那很好，快快上座，今天我们不醉不归！"说完，将自己的佩剑拔出，递给一位叫太史慈的将军说："今天你做我的监酒，谁要是敢提投降曹操的事情，你就用这把剑斩了他！"

蒋干一听这话，心中暗暗吃惊，但是看见周瑜十分殷勤，只好勉强坐到上座。

周瑜举起酒杯，笑着对蒋干说："我从领兵做将军以来，因为害怕喝酒耽误事情，所以从来都没沾过一滴酒，今天见到了老朋友，没有什么顾虑了，我一定要开怀畅饮一番。

子翼，你也要多喝点！"说完，便将手中的一大杯酒喝个精光。接着，周瑜又连续喝了几大杯，身边的人都劝他不要多喝，但他不听。

隔了一会儿，周瑜东倒西歪地走到蒋干面前，携着蒋干的手，走到帐外，指着外面穿着铠甲的万名将士问道："子翼看我训练的军队怎么样？"

蒋干心中忐忑不安，嘴上却连连称好。

周瑜仰天大笑，说："吴侯（指孙权）对我情同手足，我绝不会背叛他的！"

说完，又携着蒋干的手回到席间，连饮数杯。

此时，蒋干面如土色，一声也不敢吭了。

最后，周瑜假装喝得大醉，热情邀请蒋干和自己同榻而眠。蒋干推辞不过，只好答应了。

蒋干盗书（邮票）

周瑜一进寝帐，便开始呕吐不止。吐完之后，周瑜便呼呼大睡了。

听到周瑜鼾声如雷，但蒋干自己却根本睡不着，寻思周瑜态度坚决，不肯投降，自己回去怎么向主公曹操交代呢？

正在床上辗转反侧时，蒋干忽然想到："对了，这不是周瑜的大帐吗？说不定从这里能刺探到一点军事机密，这样我也可以回去给曹公交差啊！"

想到这里，蒋干一骨碌爬起身，向大帐四处张望。借着月光，蒋干看见大帐内的案几上零散地堆着一些书信和文件。翻看几封，发现其中一封书信上写着"张允、蔡瑁谨封"。

蒋干大吃一惊，连忙打开书信观看，原来是张允和蔡瑁暗地里私通周瑜，想要刺杀曹操。蒋干心想："原来蔡瑁、张允二人私通东吴。"于是，他连忙将信藏到怀中。当再要翻看别的书信文书时，蒋干忽然听见周瑜口中含糊不清地说："子翼，别走，我数日内让你看曹贼人头！"

蒋干吓得冷汗直流，转身一看，原来是周瑜在说梦话。蒋干也不敢再看其他文书和书信了，连忙躺在床上装睡。

过了一会儿，蒋干忽然听见有人在外面小声呼唤："都督醒了吗？"

周瑜好像大梦初醒的样子，低低地应了一声，忽然问道："我身边睡的是谁？"

那人小声回答说："都督忘了，是您的好朋友蒋干。"

周瑜好像很懊悔的样子，说："我多年不喝酒，昨天醉酒后，也不知道说错了什么话没有。"说完，轻轻叹了口气，说："你这么晚来这里，有什么事情吗？"

那人道："江北曹营有人送信来了。"

周瑜急忙阻止说："小点声！"

说完，便朝蒋干轻呼道："子翼，子翼！"

蒋干假装没听见，继续闭着眼装睡。

周瑜见状，悄悄走出帐外。蒋干连忙支起耳朵，模模糊糊地听帐外有人说："张、蔡二位将军说，时间仓促，没来得及下手。"后面的话便听不太清楚了。

一会儿，周瑜又进入帐中，轻唤："子翼。"蒋干照旧装睡。周瑜便也重新睡下了。

蒋干心想："周瑜是个精细的人，天亮了见不到张允和蔡瑁的书信，一定会发现我的。不如我现在便偷偷溜走。"想到这儿，他便蹑手蹑脚地起身，带着小童，走出大帐。一路无人阻拦，蒋干又乘着来时的小舟回到了曹营。

见到曹操，蒋干对曹操说周瑜坚决不投降，见曹操阴沉着脸不高兴，蒋干又忙将张允、蔡瑁的书信呈给曹操。

曹操一看，勃然大怒，立刻让人五花大绑，将蔡瑁、张允捆到面前。

蔡、张二人不知道发生了什么事情。曹操呵斥他们说："你两个本是荆州投降的人，我一心重用你们，没想到你们竟然勾结东吴，要我的人头，你们还有良心吗？"蔡瑁和张允两人面面相觑，刚要争辩，暴怒的曹操已经吩咐侍从将二人立刻推出去斩首。

二人大呼冤枉，无奈曹操不听。

过了好一会儿，曹操怒气消了，再回过头来想想整件事情，忽然醒悟道："坏了，我中了东吴的计了！"但是此时蔡、张二人已经被斩首了。曹操不愿承认中计，只好对手下将士说，是因为蔡、张二人贻误军机、不用心练兵才被斩首的。

等消息传到江东，周瑜听到蔡瑁、张允已被斩首，哈哈大笑说："蒋干和曹操果然中我的计了。没有了蔡、张二人，我现在可以高枕无忧了！"说完，他便向吴侯孙权报告此事，君臣共同准备抗击曹操大军。

### 【博闻馆】

## 监酒是个什么"官"？

监酒是酒席上临时充当监察礼仪的官员。古人非常讲究礼节仪表，即使在酒席上也不允许滥饮狂喝、举止轻狂。尤其是在非常重要的宴会上，有当朝的权贵甚至是皇帝在座时，更讲究尊卑有序，因此需要由宴会的主人临时指定一人，担当监酒，如果有谁违反了礼仪规章，就要依法治罪。担当监酒的人可能不是宾客中官位最高的人，但是因为他代替宴会的主人行使或发布命令，因此在酒席中便有一定的权威。

监酒一般由品德较好的人，或是宴会主人的亲信来担任。

# 赤壁之战

周瑜利用蒋干除去曹操水军都督蔡瑁、张允的消息传到刘备阵营之后，刘备君臣也非常高兴。诸葛亮特地前去大帐拜访周瑜。周瑜知道诸葛亮的大名，对他非常客气，说："先生号称卧龙，计谋天下无双，现在曹操大兵压境，我的主公（指孙权）昨天还来催促我尽快发兵与曹操一战，但是敌人有八十多万军马，我军只有五万左右的人马，敌众我寡，很难取胜。所以请先生为我想个办法吧！"

诸葛亮谦虚地说："我不过是个庸庸碌碌，没有什么用处的人，怎么敢给大都督出主意！"

周瑜笑着说："我几天前曾经隔江看过曹操的水军，布局严整，井然有度，看起来不是好对付的对手啊！现在我虽然设计除掉了他们的水军都督蔡瑁和张允，但是这支水军对我们的军队威胁依然很大，我现在想了一个主意，请孔明先生为我参谋一下，看看这个计谋是否可行。"

诸葛亮微笑着说："我也正好有一个主意攻破曹军，不如都督先不要说出自己的想法，我们各自把主意写在自己的手掌中，然后看看咱俩的想法是不是一样。"

周瑜马上赞成说："这是个好主意啊！那咱们现在就写吧。"

说完，周瑜和诸葛亮各自在手掌心用毛笔写了一个字，然后二人将坐榻靠近，将手掌打开，一看，两人手上都写着一个"火"字。

周瑜和诸葛亮互相对视了一眼，哈哈大笑起来。周瑜说："先生也想到了火攻的方法，我也正是想用火攻的方法啊！只是这样的军事机密，请先生千万不要泄露！"

诸葛亮说："你我双方共同合作，我怎么可能泄露军机呢？只是光有火攻，谁能将这把火烧到曹营呢？"

周瑜又和诸葛亮谈论了一番军机，诸葛亮便起身告辞了。

晚上，周瑜正在处理军机，忽然，侍从前来报告说："粮官黄盖将军求见大都督。"

周瑜连忙请黄盖进入大帐。一进军帐，黄盖便问："大都督想要如何灭掉曹操？"

周瑜知道黄盖跟随孙权父兄三代征战多年，对东吴忠心耿耿，这次也坚决主张抗击曹操，于是笑着说："敌众我寡，长期作战对我们必然不利，请问老将军有什么办法教给我？"

黄盖上前一步，低声说："我建议用火攻。"

周瑜长叹一口气道："哎，老将军这个方法是好，可是谁能为我们去假装投降曹操，然后一把火烧了他的战船呢？"

黄盖昂首说："大都督看我行不行？"

周瑜说："多谢老将军愿意为国分忧。只是曹操狡诈多端，只怕他不信老将军平白无故地会投降他。"

黄盖说："这个好说。明日在大帐内，我假装违抗您的命令，都督可痛打我一顿，然后我便趁机诈降曹操。"

周瑜上前握住黄盖的手说："这样就要让老将军您受苦了！"

黄盖笑着说："我世代受孙氏的恩惠，愿意豁出命去报答他们的恩德，这点小事不算什么。"

赤壁遗址（湖北省咸宁市）

该处赤壁又被后人称为武赤壁。公元 208 年，孙权、刘备联军在此地大败曹操，奠定了魏、蜀、吴三足鼎立的政治局面。

第二天黄盖故意在大帐内冲撞周瑜，周瑜佯装大怒，虽经众将百般求情，周瑜还是命人当着江东所有将领的面，重打了黄盖 50 军杖。黄盖连夜写了投降书，秘密送给曹操。

曹操见黄盖要投降，起初还不太相信，但后来他安插在江东的奸细送来密报，证实黄盖被痛打的事情后，曹操才相信黄盖投降的事情是真的。他连忙和黄盖的使者商量投降日期。使者说："现在还不能确定日期。只要等到时机成熟，黄老将军便会偷偷割下周瑜的脑袋，带着江东的军粮船只投奔您。到时请您在江北接应便可以了。"

曹操大喜，以为这次和东吴决战一定会取得胜利。

正在这时，周瑜又安排了一位江东名士——号称"凤雏先生"的庞统来求见曹操。庞统假装说自己不被孙氏政权重用，想要投奔曹操，为曹操献计。

曹操热情款待了庞统。

庞统对曹操说："丞相手下的兵士大都是北方人，不习惯水战，我有一个办法，可以让您的士兵在船上作战和在陆地上作战一样勇敢！"

曹操连忙问他有什么妙计。

庞统说："只要丞相将您所有的战船首尾都用大铁链连接起来，这样船就不会左右晃动了，您的部下在船上就像踩在陆地上一样，再也不会出现晕船呕吐，不能战斗的情形了。"

曹操一听，这主意不错啊，我以前怎么没想到呢？于是立刻叫手下按照庞统所说，将所有战船用铁链连起来。他重赏庞统，还要封给庞统官做。庞统推说自己不愿意做官，带着封赏连夜奔回江东，偷偷向周瑜复命去了。

过了几天，江上忽然刮起了东风，周瑜一看时机成熟，连忙派黄盖带着二十只火船，假装是江东的运粮船，浩浩荡荡向江北曹营进发。曹操和诸将在大营观看，远远看见船上悬挂着"先锋黄盖"的大旗，知道是黄盖按照约定来投降的，心里都非常高兴，以为胜利在望了。

眼看黄盖的船离水寨越来越近，曹操手下的诸将都在准备迎接黄盖。忽然，曹操的心腹谋士程昱说："主公快让黄盖的船停下，不要靠近我们！"

曹操惊讶地问："为什么？"

程昱焦急地说："黄盖的船上如果装满了粮食，船身应该很重，船在江中行驶会很沉稳。可是据我观察，黄盖现在所带的船只非常轻，都浮在水面上，根本不像是承载了重物的样子。今天又忽然刮起了东南风，主公小心有诈。"

曹操一看，果然如此，连忙下令黄盖停船。

谁料黄盖不但不听，反而让船夫铆足力气继续向前划行。在距离曹营二里左右时，黄盖下令点燃二十只小船，火船借风势，像离弦的箭一样冲向曹营水寨。曹营立刻变成了一片火海。

当时东南风刮得正猛，曹操的船只又是首尾相连，无法移动，所以曹军大乱，根本无力抵抗，纷纷跳水求生，死者不计其数。

曹操也险些被火烧到，他被侍卫簇拥着，跳入小船，狼狈逃窜。

### 【博闻馆】

### 赤壁在今天的哪里？

公元 208 年，曹操率领二十几万大军南下，想一举吞并东吴，与孙权、刘备五万联军在长江的赤壁一带展开大战。结果孙刘联军借助火攻，把曹操打得大败，从而奠定了魏、蜀、吴三分天下的局面，历史上称之为赤壁之战。

由于史书没有具体说明赤壁古战场的位置，所以后人对三国赤壁究竟在哪里，存在着争议。根据专家考证，我们现在已经能确定，东汉末年的赤壁之战发生在今天湖北咸宁赤壁市境内。该处赤壁称为武赤壁。此外，还有一个文赤壁。苏轼当年被贬到黄州，以为这里就是三国赤壁的古战场，写下了前后《赤壁赋》和《念奴娇·赤壁怀古》。地以文传，遂使"黄州赤壁天下闻"，所以该处赤壁称为文赤壁。文赤壁在现湖北省黄冈市境内。

# 曹操败走华容道

**赤**壁一战，周瑜和诸葛亮合谋，利用火攻使得曹操的军队大败。

曹操在侍卫的拼死保护下，带着一小部分军队，好不容易才从火光冲天的战船上逃到岸上，想要连夜赶回荆州。

不料，走到半路，天上忽然下起了瓢泼大雨，大伙人困马乏，都不愿意走了。

曹操看了看，自己的队伍离江面已经有一段距离了，估计周瑜和刘备的部队暂时不会追上来，于是告诉手下人说："现在雨下得这么大，我们先休息一下吧，传令下去，埋锅造饭，填饱肚子再行军。"

大家一听，很高兴，连忙给战马卸下马鞍，然后把湿透了的衣服脱下来，放在有风的地方晾晒。

曹操和几位大将坐在一块大石头上，看见众将士狼狈不堪的样子，忽然哈哈大笑起来。围在身边的将士们都很好奇，问："主公您怎么了？"

曹操"哼"了一声，说："都说诸葛亮和周瑜才智过人，我看也是些平庸之辈罢了。如果他们在这里埋伏上一路人马，我们今天还能活命吗？"

曹操的笑声还未消失，忽然，从侧路冲出一路人马，为首的一员大将长得黑脸膛，大胡子，手持丈八长矛，在战马上高喝："燕人张翼德在此。曹贼往哪里走？"

曹操大吃一惊，连忙趁着身边的大将和张飞对阵的机会，跨上战马，带着侍卫先行逃走了。

曹操一连骑马飞奔了几十里，听见身后追兵少了，才喘了一口气。这时，和张飞对阵的将士们也都陆续赶来，曹操一看，大将们几乎人人有伤，士兵们也都东倒西歪了。

京剧造型中的曹操脸谱

京剧中的脸谱是以色定调，如红色表示忠诚耿直、热情吉祥（关羽为红脸），黑脸表示豪爽粗暴、刚正不阿（张飞为黑脸），白色表示奸诈多疑。因为《三国演义》中将曹操塑造成一位阴险狡诈的枭雄，所以在京剧脸谱中，曹操的脸谱是白色的，又被戏称为"大白脸曹操"。

这时，有士卒前来禀报："报告丞相，前面有两条道路，一条是大路，比较平坦，但是比小路要多出五十里地；一条是小路，叫华容道，都是泥泞不堪的山路，不大好走，但是比大路近五十里。请问丞相，我们走哪一条道路？"

曹操连忙派人去高山上刺探一下哪条路有伏兵。不一会儿，手下人来报："小路有好几处烽烟，大路上什么都没有，风平浪静。"

曹操当即下令走小路。

手下人疑惑地问："有烽烟说明肯定有伏兵啊，丞相为何反而选择走小路呢？"

曹操说："诸葛亮足智多谋，他肯定是在小路上故意使人放了些烟火，让我们觉得小路有伏兵，只好走大路，其实他已经在大路上安排了大队人马伏击我们。我偏不上他的当！"

众位将士纷纷称赞曹操深谋远虑。

一行人向着华容道走来。刚走了没有多远，忽然一声炮响，从山后闪出一路人马，为首的正是大将关云长，他手提青龙偃月刀，跨下骑着赤兔马，威风凛凛地挡住了曹操的去路。

曹操一行人一看遇到关羽，当时便吓得面如土色，一个个面面相觑，一句话也说不出来。过了好一会儿，曹操才缓过神来，叹息着说："到了这个地步，也只有拼死一战了。"

众将领说："这个时候，就算是人要作战，战马也没有力气了。刚才和张翼德一战，战马都没来得及配上马鞍，这一路飞奔，战马已经损伤大半，实在不能作战了！"

曹操手下的谋士程昱悄悄对曹操说："都说关云长义薄云天，特别讲义气。以前丞相对关云长有恩，我想只要丞相向他求情，他一定会答应的。"

曹操想了想也没有别的办法，只好硬着头皮走上前去，欠身对关云长说："将军近来还好吗？"

关羽也欠身回礼说："多谢丞相挂念。我奉军师诸葛亮之命，特地在此处恭候丞相。"

曹操说："我吃了败仗，实在无路可走，还望将军看在咱们昔日的情分上，放我一条生路。"

关羽说："当日丞相对我的恩德，我已经用斩颜良，诛文丑，解白马之围，回报您了。今天的事情，是公事，我怎么敢因为自己的私情就放您走了？"

曹操说："都说将军是有信义的人。当年你去追寻你的兄长刘备，一路闯过五道关卡，斩了我六员大将，我因为钦佩将军为人，并没有为难您。难道今天您就不能网开一面，放我们一条生路吗？"

关羽本来就是个以情义为重的人，听见曹操这样哀求自己，心想曹操当年确实对自己有恩，再一看曹操手下全是丢盔弃甲的残兵败将，不禁动了恻隐之心，于是勒住马头，命令手下的将士闪开，让出一条路来。

曹操一看关羽有意放行，连忙命令军队快行。

关羽转身时，见曹操和诸将已经过去大半了，忽然想起军师诸葛亮对自己的嘱托，连忙大喝一声，止住了曹操一行。

曹操手下的将士见到这种情况，知道关羽想变卦，纷纷下马，对着关羽伏地大哭。关羽一看，又心软了。正在犹豫间，见到当年自己在曹营的好友——大将张辽策马过来，两人对视了一眼，默默无语。

关羽终于还是动了故人之心，长叹一口气，命令将曹操一行放过去了。

曹操连忙带领所剩的几百人马，仓皇逃到荆州。赤壁之战之后，曹操元气大伤，再也没有能力统一江南了。孙权继续在江东割据，而刘备则趁机占领了荆州、襄阳和益州等地，也成为割据一方的诸侯。

**【博闻馆】**

### 埋锅造饭

古代行军打仗，一般都是带着干粮和炊具，到一个地方后就安营扎寨，埋锅造饭。具体做法，一般是在地上挖个坑，把随身带的锅放在坑的上面，所以叫埋锅。

　　古人行军打仗，那些有经验的将帅有时还能通过做饭挖的灶，判断出对方军队的数量呢。不过这种判断军队数量的方法有时并不准确。如在战国时期魏齐两国的桂陵之战中，魏将庞涓就因为错误地根据齐军锅灶的数量判断齐军的人数，结果中计失败。

# 张飞耒阳荐庞统（一）

赤壁之战之后，曹操再也没有能力讨伐东吴，而刘备也暂时和东吴结为盟友。孙权在江东的统治稳固了，不过这时候，大都督周瑜却因病去世了。孙权一直都非常倚仗和尊重周瑜，周瑜忽然去世，孙权觉得像失去了自己的左右手一样，非常悲伤，日夜哭泣。鲁肃见到这种状况，便将与诸葛亮齐名的"凤雏先生"——庞统推荐给孙权。

鲁肃对孙权说："大都督在世时，就非常看重庞统，庞统上知天文，下知地理，和诸葛亮齐名。如果主公能用这个人，肯定对咱们东吴有利。"

孙权一听，既然周瑜在世时都很看重的人，那就召见一下吧，说不定又能得到一个像周瑜那样的经天纬地之才呢。

鲁肃听到孙权同意了，非常高兴，连忙将庞统引荐到孙权面前。

庞统这个人，虽然学问很高，本事很大，但是有一个缺点——长得太丑：他的皮肤黝黑，大嘴厚唇，鼻孔朝天。孙权一看他的相貌，感到根本不能和英姿飒爽的周瑜相比啊，心里就不大喜欢。但是想鲁肃既然把他领到自己面前了，也不好意思立刻回绝，就客气地问："先生平生学的是什么啊？是学兵法呢，还是学治世济民的学问呢？"

庞统是名士啊，本来就有点骄傲，一看孙权那表情，好像不大喜欢自己似的，他心里也有点犯嘀咕，再一听孙权这么问自己，更是激起了心中的傲气，说："我平生没什么专门学习的东西，什么有用就学什么。"

孙权又问："那先生的学问比起公瑾（周瑜的字）来谁大呢？"

庞统笑着回答说："我和周公瑾学的东西大不一样，各有所长。"

庞统墓（四川省德阳市）

庞统（179－214），字士元，号凤雏，汉时荆州襄阳（今湖北襄阳）人。三国时期刘备的重要谋士，与诸葛亮齐名。后在攻城中被流箭射中而亡，当时年仅三十六岁。庞统死后被追封为关内侯，谥曰靖侯。在今四川省德阳市罗江县城西有庞统祠墓，为国家重点保护文物。

孙权平生最钦佩周瑜，一听庞统这么不谦虚，竟敢轻视周瑜，当下大怒，拂袖而起，冷冷地说："先生回去吧，如果有用到你的时候，我自然派人去请你。"

鲁肃见孙权以貌取人，不用庞统，连忙走到厅堂后面，劝谏孙权说："主公怎么不用庞士元（庞统的字）呢？他曾经在赤壁之战中立下了大功，要不是他冒着生命危险去给曹操献计，让曹操把战船都连在一起，咱们哪能那么容易就打败曹操八十三万大军？"

孙权生气地说："这人是个狂士，根本就不认识自己有几斤几两，竟敢和公瑾相比，我不会用他的。至于献计一事，那是曹操自己糊涂，和庞士元没有什么关系！"

鲁肃看见孙权主意已定，也不好再说什么，只好转身再去找庞统。

庞统正在家里收拾行李，好像要出远门的样子。

鲁肃忙问："士元要去哪里呀？难道要离开江东吗？"

庞统说："是啊，既然吴侯孙权以貌取人，不任用我，我准备去投奔曹操。"

鲁肃大吃一惊，连忙制止说："士元怎么能去投奔曹贼？你当初献计害惨了他，他不会轻饶了你的。要我说，你还是去投奔刘备吧。刘备知人善任，现在又是用人的时候，你去投奔他肯定可以施展你的才华。"

庞统一听鲁肃对自己这么关心，便也收起调侃的语气，认真地说："子敬（鲁肃的字）说的是，我刚才是和您开玩笑的。我和刘皇叔麾下的诸葛亮关系很好，他曾经推荐我去刘皇叔那里，我觉得江东是我的家乡，所以没有立刻答应，现在既然吴侯不用我，我也只好去投奔刘皇叔了。"

鲁肃握着庞统的手说："士元好好保重，刘备是宽厚仁慈的人，必然不会亏待你。你去了那里，要好好劝刘备和我们东吴合作，共同抵抗曹操。我这就写一封推荐信，你拿着去见刘备吧。"

庞统拿着鲁肃给自己写的推荐书，奔赴荆州，拜见刘备。当时恰好诸葛亮外出巡查军务，只有刘备一人在军营，听人禀报说江东名士庞士元求见，刘备连忙将他请上堂来。

庞统见了刘备，没有叩拜，只是作了个长揖。刘备心想，这是个狂士啊，见了我也不叩拜，当下心里便不大高兴；再一看庞统相貌长得这么丑，就更加不喜欢了。因为还不知道他的来历，刘备仍然按捺住性子，客气地问："先生从江东来，一路辛苦了，是谁推荐您来的啊？"

庞统想凭自己的真本事打动刘备，因此没有把鲁肃的推荐信取出来，也没说自己和诸葛亮的关系，只是说："听说刘皇叔在荆州招聘贤才，我就赶来了。"

刘备一听，只当他是个吃闲饭的，立刻说："我这里刚刚安定下来，官职也不是很多，距此处一百三十里，有一个小县，叫耒（lěi）阳县，那里正缺一名县令，你先去那里任职吧！等到别的地方有了空缺，我再请先生出任！"

庞统心里很生气，知道刘备这是也不打算重用自己。不过既然千里迢迢地来了，他只好暂时先忍耐着，等到诸葛亮回来之后再说。

**【博闻馆】**

## 什么叫"以貌取人"？

人与人首次见面，往往最先看到的是对方的容貌，然后形成所谓的第一印象。第一印象很重要。人长得仪表堂堂、神清气爽便容易给人留下好印象。的确，一个人的外表能折射出他的身心状态；但仅仅以相貌来取判断一个人的品行学问，也是不对的。

孔子就犯过以貌取人的错误。他有一个弟子叫澹台灭明，字子羽，人长得身材矮小，额低口窄，鼻梁低矮，相貌十分丑陋。澹台灭明来拜孔子为师，孔子见他长得这么丑，便认为他大概也没什么才能，颇为嫌弃。澹台灭明受到冷遇后，更加发愤求学，严谨修行，后来他的才干和品德传遍了当时各诸侯国，许多人都纷纷跟从他学习。孔子听到这些消息后，感慨地说："我凭长相判断人，看错了子羽啊！"

# 张飞耒阳荐庞统（二）

**庞**统忍着一肚子气到了耒阳，一看，耒阳果然是个巴掌大的小县，人少山多，政务倒是不少。庞统无心处理政务，每天喝酒喝得烂醉如泥，政务堆积如山，他也不管。

他的上司看到这种情况，立刻报告了刘备。

刘备一听大怒："这个家伙竟敢败坏我的政务法度，本来就是赏你一口饭吃，你还敢得寸进尺！"立刻命令张飞带人去耒阳县看个究竟，如果庞统果然是个懒惰愚蠢的人，立刻追究责任。

张飞是个火爆脾气，一听一个小小县令竟敢不务正业，整日饮酒，立刻起身赶往耒阳，准备惩治庞统。张飞一行人一到耒阳，就问县吏说："你们庞县令在什么地方啊？"

县吏吞吞吐吐地说："庞县令……他，正在饮酒。"

张飞气得立刻就要手持长矛，亲自去擒拿庞统。他的手下连忙拉住他，劝说道："听说庞士元是江东名士，本事很大，您还是先派个人去把他请来，到时如果他有差错，您再处罚他也不迟啊。"

张飞一听，觉得手下说得也有道理，便不再坚持。他强忍着怒火，让人去请庞统。

庞统喝得东倒西歪，醉醺醺地来到县衙。见到张飞，也不叩拜，只是昂着头在堂下站立。

张飞一看，气得差点背过气去，他怒斥道："我哥哥让你来做县令，是为了让你替他处理政务。你为何看着县里的政务日渐荒废，却天天喝酒，不理政事？"

庞统笑着说："将军觉得我误了县里哪些政事？"

张飞怒道："你到县里一百多天了，天天喝酒，政务都堆积得像山那么高了，还敢说自己没有荒废政事？"

关羽张飞门神画像（传统年画）

庞统说："一个方圆才百里的小县，统共也没有多少事情，有什么难处理的？将军请稍等片刻，我立刻就可以把这些政务处理完。"

说着，他便命令小吏将这百余日所积压的公务一起呈报上来。县吏连忙将那些讼状文书抱到公堂。庞统坐在大堂上，一面用毛笔处理上级派下来的公务，一面听那些告状的老百姓在大堂下陈述案情。听完百姓的诉讼之后，他立刻就将自己的判决说出来，老百姓没有一个不高兴的，都称赞他判得公道，欢欢喜喜地走出公堂。

就这样，不到半天工夫，庞统便将这些政务处理得妥妥当当，没有一点瑕疵。他处理完公务后，将笔扔到案牍下，笑着对张飞说："将军现在还觉得我耽误了政事吗？"

张飞在一旁看到庞统如此高效率地处理政务，早就惊呆了，他从来没见过这样的人才啊！他听见庞统这样问自己，连忙走下座位，对庞统道歉说："先生真是高人啊，我刚才失敬了，请您见谅！先生放心，我一定会在哥哥面前推荐先生的。"

庞统见张飞这样说，哈哈大笑起来。他从衣服内取出当日鲁肃为自己写的推荐信，把它交给张飞。张飞见信后大惊，忙问："当时先生见我哥哥时，怎么不拿出这封信？"

庞统说："我是想凭自己的真本事打动刘皇叔，不想让人家说我是个只会走后门的庸才啊！"

张飞连忙好言安慰了庞统一番，然后拿着鲁肃为庞统写的推荐信，和手下回到荆州，将事情的原由禀报了刘备。刘备一听，也惊呼说："如果不是贤弟亲自去了一趟耒阳，我几乎失去了一位大贤！"

正在此时，诸葛亮也回到了荆州。他一见到刘备就笑着问："听说庞士元来荆州了，现在人在哪里呢？"

刘备说："哎，在耒阳县做县令，每天只知道饮酒，不肯好好做事。"

诸葛亮连忙说："庞士元是个栋梁之才，他的才华比我还要高十倍呢。做小小的耒阳县令实在是太委屈他了，他是故意这么做的，请您不要介意，一定要重用他！"

刘备笑着说："是啊，江东鲁子敬也是这样说的。这次若不是三弟去了一趟耒阳，亲眼见识了庞士元的才干，我几乎要失掉这样一位大贤之人了。既然军师也这样看重他，那么明天就让三弟去耒阳，请他来荆州，我们共同图谋大事。"

第二天，张飞去耒阳请庞统来到荆州。刘备亲自走下台阶欢迎他，诚恳地说："先生屈尊来到荆州，我竟然没看出您的高才，真是惭愧啊。请先生不要介意，继续留下来共图大事！"

庞统和诸葛亮相视一笑，然后慢吞吞地说："刘皇叔仁义遍天下，能够辅佐您，是我的荣幸啊！"

刘备一听大喜，立刻设宴款待庞统，并封庞统为副军师中郎将，让他和诸葛亮一起辅佐自己，兴复汉室，创立大业。

### 【博闻馆】

## 俗语"走后门"是怎么来的？

北宋年间，宋哲宗（年号为元祐）死后，宋徽宗继位，任用奸臣蔡京做了宰相。蔡京为了巩固自己的权力，就拼命把以前那些跟他对着干的元祐旧臣贬谪排斥走，而且不准他们的子女做官或到京城来。

有一次，朝廷举办宴会，艺人在席间表演了这样一幕：一个大官正襟危坐在公堂办案，有个和尚要求离京出游，因其戒牒是元祐年间的，这个大官就令他还俗；一个道士丢了度牒要求补办，因是元祐年间出家的，这个大官就令人剥下他的道袍让他回去当老百姓。这时，他的一个家丁上前低声说："今年国库发下来的俸钱一千贯，皆为元佑年间造的钱，要还是不要?"大官略作沉思，悄悄地说："那就走后门，从后门搬进来吧!"

后来，人们就把用不正当手段来谋求达到某种个人目的的行为，叫"走后门"。

# 关云长单刀赴会

赤壁之战之后，曹操大败，回到北方，刚刚占领的荆州只好放弃。而此时，刘备却趁机占领了荆州，这让东吴的孙权集团非常不满。他们认为曹操大军南下，最初的目的其实是为了铲除刘备。东吴出兵出力，好不容易赶走了曹操，救了刘备一命，刘备不但不知恩图报，反而趁机占据了荆州、襄阳和南郡。东吴在赤壁之战中，损兵折将，白白替刘备做了嫁衣裳，领土却没有任何扩张。所以，他们一直想把荆州从刘备那里要回来。

后来，刘备也假装同意东吴，愿意将荆州的长沙、零陵、桂阳三郡割给东吴，但是有一个条件，就是因荆州由大将关羽镇守，如果东吴想要去取这三郡，必须得到关羽的同意。

孙权一听，非常不高兴，觉得刘备没有什么诚意：既然真的要割地给东吴，刘备就应该告知关羽，让他主动退出这三郡；现在却让东吴方面自己去找关羽要土地，关羽有万夫不当之勇，从他手里要回土地是那么容易的事情吗？到时肯定还要开战。这时，鲁肃劝孙权说："关羽性情刚烈仁义，对百姓很好，老百姓对他非常拥戴，我们贸然去割地，肯定要开战。不如我们先派三个人，去这三个郡担任长官，看看关羽的态度。"

孙权同意了鲁肃的意见，派了三个精明能干的人，奔赴长沙、零陵、桂阳三郡做长官。结果没过几天，这三个人便狼狈不堪地逃回江东了。一问，果然是关羽不让他们接近三郡，说他的兄长刘备派他在此镇守，江东的人不能靠近这儿半步，连夜将他们赶走了，还扬言说，走晚了就要他们的脑袋。

关公单刀赴会（粉彩花瓶）

孙权一听大怒，连忙召鲁肃议论此事，想要出兵荆州，血战一场。鲁肃连忙制止说："主公不要生气，我还有一计，此计不成，再出兵也不迟。"

孙权催促鲁肃快讲。鲁肃说："我们现在在陆口屯兵，邀请关云长前来赴加宴会。如果云长肯来，我便用好言相劝，让他将三郡让给我们；如果他不肯听从，我们便在席间埋伏下刀斧手，趁乱杀了他；如果他不敢来赴宴，我们便一不做二不休，直接领兵攻入荆州，抢回属于咱们的土地！"

孙权大喜，立刻同意了鲁肃的计划，下请帖请关羽参加宴会。

关羽见到请帖，便说："既然是子敬相邀，我一定会赴会的。"

江东的使者离开后，关羽的干儿子关平劝关羽说："现在江东在陆口屯兵，明显是想要索取荆州，鲁肃现在邀请您赴宴，肯定是不怀好意，父亲为何答应了他的邀请？鲁肃虽然一向有长者之风，温和宽厚，可是现在状况紧急，孙权对荆州势在必得，恐怕鲁肃也不得不听从孙权的意思对付我们！"

关羽笑着说："我岂能不知道子敬的意思？只是我若不去，东吴方面只当是我怕了他们。我明天独驾小舟，只带贴身随从十几人，单刀赴会，看鲁子敬能把我怎么样？"

关平还要再劝，关羽摆摆手说："不要再说了，我心意已决。我既然已经许诺了东吴的使者，一诺千金，我不会食言的。"

关平说："父亲既然执意要去，也要先做些准备才是。"

关羽道："吾儿说的是。明天一早，你选快船十只，在船中藏上水军500人在江上等候，只要看到我的红旗升起，你们就过江来接应我。"

关平接受了命令，连忙下去准备了。

第二天，关羽乘着一艘插着"关"字红旗的小舟，青巾绿袍，只带着八九个随从，从水路赶到江东赴宴。

鲁肃亲自出外迎接，和关羽携手入席。宴席的帷幕之后，早已埋伏下东吴的五十名刀斧手，准备鲁肃一旦发出信号，便将关羽杀死在宴席中。关羽假装不知这一切，在席间饮酒吃肉，谈笑自若，反倒是鲁肃自己心怀鬼胎，不敢抬头看关羽。

酒喝到一半的时候，鲁肃站起来对关羽说："有一句话我不得不向云长说。当年你的兄长刘备请我鲁肃在吴侯面前作保，借得荆州暂住，约定在你们取得西川诸郡后就归还。现在你们已经取得了西川的郡县，为什么还不归还荆州呢？这是你们没有信用啊！"

关羽说："这是国家大事，在酒席间不太方便谈吧？咱们还是谈点别的吧。"

鲁肃带着任务来的，怎么可能只在席间喝酒闲谈？他不理会关羽的话，继续说："我的主公只有区区江东那么一小片地方，却大方地把荆州这么大的地盘借给你们，只因当初你们被曹操打得无落脚之地，给你们一块暂时栖息的地方。现在你们已经得到了益州，为何还不归还荆州呢？刘皇叔都已经答应先还给我们三郡，云长却不同意，这恐怕于道理上说不过去吧？"

关羽一看，这架势是不想让他喝酒了，分明是只为要地啊，于是说："我兄长在乌林一战（赤壁之战之前，曹操的军队和孙刘联军在乌林会战，曹军大败）中不顾生死，立下赫赫战功，替吴侯教训了曹操，难道不应该得到一小片土地作为报酬吗？今天子敬是想要硬逼着我割地给你吗？"

鲁肃一见关羽沉下脸来，心里有点害怕，但还是硬着头皮说："不是这样子啊！当年刘皇叔兵败长坂，眼看就要穷途末路时，是吴侯怜悯皇叔一世英雄，却落得如此下场，好心借给了你们荆州，让你们落脚。现在你们已经取得了西川大片土地，却还占着荆州不还，不怕被天下人耻笑吗？"

关羽还未回答，他的侍从周仓在旁边捧刀大喝道："天下的土地是天下人的，只要有德的人就可以占据，凭什么说荆州是你们东吴的？"

关羽假装变脸，一把抢过周仓手中的大刀，佯装发怒道："这是国家大事，你怎么敢多嘴？还不退下！"说完，对周仓使了一个眼色。

周仓明白了关羽的意思，到了岸口，将小舟上的红旗向岸边一招。

关平在岸上一看关羽的暗号打出，立刻命令五百只船像离弦的箭一样飞快地向江东驶来。

关羽右手提着大刀，左手挽着鲁肃，假装喝醉了酒，说："子敬今天请我赴宴，不应该提荆州的事情。我现在喝醉了，害怕再坐下去会伤了我们旧日的情分，不如改天我们再聚，今天就此别过了！"

鲁肃吓得魂不附体，被关羽用手扯到江边。

鲁肃手下的大将吕蒙、甘宁见关羽手提大刀，挟持着鲁肃，他们唯恐关羽伤了鲁肃，也不敢轻举妄动。

关羽到了自己的小舟边，才将鲁肃放开，拱手告别。鲁肃目瞪口呆，看见关羽的船乘风而去，过了好久才回过神来。

消息传到孙权耳中，孙权大怒，立刻召集手下将士，发誓要不惜任何代价，夺取荆州。

【博闻馆】

## "一诺千金"的来历

秦朝末年，楚地有一个叫季布的人，他乐于助人，很讲信用，凡是答应过的事，无论有多大困难，他都会设法办到，因此人们都说"得黄金百斤，不如得季布一诺"。诺，就是许诺，诺言。季布一句许诺就价值黄金百斤。

后来楚汉相争，作为项羽的部下，季布几次献计，把刘邦的军队打得大败。刘邦当了皇帝后，悬赏千金通缉季布，并下令说谁敢把季布藏起来，就诛杀三族。季布乔装之后，在一户姓朱的人家作佣工。朱家发现他是季布，因为十分敬重他的为人，也不去官府告发他，反而担着被诛三族的风险去找人说情。刘邦最终赦免了季布，还封他做了官。

季布有个老乡叫曹邱生，他到处宣扬季布的好名声，结果就变成"得黄金千斤，不如得季布一诺"了。"千金一诺"就从这里演变而出，用来形容人信守承诺，说话算数。

# 左慈戏曹操

**建**安二十一年（216），曹操进爵魏王，虽然名为汉朝的臣子，实际上已经成了当时的最高统治者。自此之后，曹操乘着金银车，驾着六匹马，使用只有天子才可以享用的仪仗出入宫廷，肆无忌惮。汉朝的老臣都敢怒不敢言。

到了这一年的冬天，朝廷专门为曹操修建的魏王宫也建成了，曹操非常高兴，派了很多使者到全国各地去征集当地的特产和珍奇异宝，想要在王宫宴会的时候，向四方宾客炫耀。其中一行人被派到东吴去取当地的特产柑子（一种水果名）。

当时孙权和刘备因为荆州的事情闹僵了，所以极力奉承曹操，因此，一听曹操要柑子，连忙在本城精选了四十多担又大又甜的柑子，连夜送给曹操。

运送柑子的脚夫走到半路休息的时候，忽然遇到了一位相貌古怪的先生，这先生瞎了一只眼睛，跛着一只脚，头上带着白藤冠，身穿一件青懒衣，摇摇摆摆地走到脚夫们面前，行了一个礼，客气地问道："你们挑着这么重的东西太累了吧？不如我替你们挑一段路程，你们也好歇一歇。"

这些脚夫一路从江南挑这些水果到河南的邺城（当时曹操挟持汉献帝住在邺城），途径千山万水，风餐露宿，非常辛苦，一听有人愿意替自己挑担子，怎么不愿意？连忙说

"可以可以，多谢先生"。

这位老先生便替每位挑担的脚夫都担了五里路。但凡是他挑过的柑子，不知为何，都轻了许多。脚夫们心里都感到很惊奇，但是却没有说出来。

这位先生临走时，对众位脚夫说："我是魏王的老乡，名叫左慈，道号是'乌角先生'，你们见到魏王，可以向他说我问他好。"说完，便扬长而去了。

过了几天，脚夫们将柑子运到了邺城，献给曹操，曹操亲自剖开，一看，里面竟然是空壳，并没有果肉。

曹操又惊又怒，连忙将运送柑子的脚夫召来询问是怎么回事。领头的脚夫忙将左慈的事情禀报给曹操，谁料曹操根本不相信。

正在这时，下人禀报说："有一位先生，自称叫左慈，前来拜见您。"

曹操急忙将左慈召入。挑柑子的脚夫们异口同声地说："这位正是我们在路上遇到的那位先生。"

曹操生气地问左慈："你用了什么妖术，偷了我的上等佳果？"

左慈笑着说："我什么时候偷您的果子了？"说完，自己随手取了一个柑子，拨开一看，果肉饱满，香甜可口。

曹操不信，自己也取来一个，剖开一看，里面竟然又是空空如也。

曹操心想，自己这是遇着高人了，于是连忙收起怒火，请左慈就坐，并赐给他酒肉。左慈虽然身材瘦小，食量却惊人，喝了五斗烈酒，吃了一只全羊，还说自己没吃饱。曹操惊讶地问他说："你有什么道术，怎么能这样神奇呢？"

左慈说："我在四川峨眉山修道三十多年，有一天忽然听见石壁中有人喊我的名字，跑过去一看又见不到人。这样子一连过了很久，直到有一天，天上忽然打雷震碎了石壁，里面出现了三卷天书，名字叫《遁甲天书》，只要学会了这部书上所传的内容，就可以上天入地，长生不老。大王现在已经位极人臣，不如跟我到峨眉山修道，我将这部天书传授给您。"

曹操故意皱着眉头说："哎！我也很想急流勇退啊，不过现在朝廷的事情很多，一下子找不到人接手我的事情。"

左慈慢悠悠地说："我看益州的刘玄德（刘备）就不错，他本身就是皇亲贵胄，为人又很仁厚，您为何不把位子传给他，自己全身而退呢？如果您不这么做的话，小心我拿飞剑斩掉您的头。"

曹操一听这话，大怒道："你是刘备派来的奸细吧？竟敢到我这里来捣乱，我看你活够了！"说完，便命随从抓住左慈。

左慈大笑不止，一点都没反抗。曹操一看，更生气了，命令十几个手下拿着皮鞭，狠狠地抽打左慈。虽然被打得皮肉横飞，鲜血四溅，可是左慈却像没事人一样，脸上一点痛苦的表情都没有，反倒倒在地上呼呼睡着了。

曹操一看，打是不能解决问题了，于是命令手下用最大号的枷锁把左慈锁上，将他投到牢房里，不给他饭吃，连着监禁了七天七夜。

谁料七天之后，曹操命人去看左慈，发现他的枷锁不知什么时间断裂了，被扔在一边，左慈仍然面色红润，端坐在地上，皮毛一点都没伤到。

手下人去报告曹操，曹操这下彻底无计可施了，只好将左慈放出了监狱。

第二天，曹操在魏王宫大宴宾朋。正当大家喝酒喝得高兴的时候，左慈穿着一双木屐，踢踢踏踏地来到筵席前。众位官员都很惊讶。

左慈说："大王今天举行盛大的宴会，席上摆满了山珍海味，不知还需要什么珍奇的东西，我可以替您操办。"

曹操没好气地说："你替我操办？哼，那好，我需要一副龙肝做汤，你能办到吗？"

左慈笑着说："这个容易，您稍等。"说完他在墙上画了一条龙，用袍袖轻轻一拂，那龙的腹部便被缓缓剖开了。左慈从龙腹中取出一副还在滴答滴答流血的新鲜龙肝。

曹操根本不信这一套，怒喝道："你那是事先在袖子里藏好了的，蒙骗得了谁？"

左慈说："那我另外给大王献副厚礼吧！现在天寒地

左慈戏曹操（清末福建年画）

左慈，字元放，庐江（今安徽庐江西南）人。东汉末年著名的方士。左慈少居天柱山，习炼丹，是道教丹鼎派的创始人。传说他藐视富贵，曾经数次戏弄曹操，后来成仙而去。"左慈戏曹"的故事在民间广为流传，常常出现在传统年画和戏曲作品中。

冻，草木都枯死了，大王想要看什么花卉，我来给您变出来。"

曹操说："你有本事给我弄一盆牡丹来看看。"

曹操话音刚落，一盆怒放的牡丹就摆在他的面前，香气扑鼻。

曹操见左慈这么有本事，不禁动了杀心。左慈斟了一杯酒，献给曹操，请曹操饮酒。曹操不喝，说："要喝你先喝。"

左慈便将头上的玉簪拔下，在酒杯中划了一下，然后自饮一半，另一半递给曹操。曹操怒斥了他一番，坚决不肯喝。左慈便将酒杯扔到空中，那酒杯就化作一只白鹤翩翩飞走了。众官员仰头观望后，再回头一看，左慈已经不知去向。

曹操连忙令手下的大将许褚带领五百名铁甲武士去追杀左慈。

许褚等人一路狂奔赶到城门，见左慈在前方五十米的地方，踢踏着木屐慢腾腾地走，但是无论许褚他们怎么策马狂奔，就是追不上他。到了一座山中，遇到一群羊，左慈忽然钻进羊群中不见了。许褚命令手下武士将所有羊群全部射杀，然后便回去向曹操复命了。

可怜的牧童看见一地的死羊，哭哭啼啼，不知回去后怎么向主人交差。

这时，牧童忽然听见一个伏在地上的羊头说："不要哭，只要把死羊头都凑到羊身子上就行。"

牧童一听，连忙手忙脚乱地将羊头和羊身子拼凑到一起，再一看，羊果然起死回生了。这时左慈笑呵呵地从地上跃出来，帮助牧童将数百只羊头和羊身拼凑完，救了群羊的命，然后哈哈大笑地离开了。

回去之后，牧童将当日的事情告诉了主人。主人不敢隐瞒，连忙报告了曹操。

曹操怒火冲天，命人画了左慈的像，四处张挂，捉拿左慈。凡是瞎了一只眼，跛着一条腿，带着白藤冠，穿着青懒衣，脚上踢踏着木屐的人，统统要抓起来。

这个命令一下，可不得了了，城里一下子抓住了三四百个这样穿着、长相的人。

曹操命人将这帮可怜的人全部斩首，以为这样就可以彻底铲除左慈。谁料这些人的身子里各出了一道青气，到半空中聚成了一个人形，再一看，那人俨然就是左慈。左慈在云中乘坐了一只白鹤，拍手大笑着说："奸雄自己的命都不长久了，还敢这么嚣张！"

曹操命弓箭手一齐向云中射箭。

忽然一阵狂风卷来，刚才斩首的那些尸体各自提着自己的人头扑向曹操，曹操避之不及，惊倒在地。再定睛一看，地上的人已经全都没有了。曹操受了这场惊吓，生了一场大病，过了很久才恢复过来。

**【博闻馆】**

### 左慈献给曹操的柑子为何"金玉其外，败絮其中"？

左慈是东汉末年著名的道士，传说他法术很高明。在本文中，左慈戏弄曹操，给了曹操一种"金玉其外，败絮其中"的柑子（就是我们今天所说的柑橘），令曹操大怒。那么，左慈真的是用了什么法术才使得这些柑橘好看不好吃吗？

其实不是的。真正的原因，是因柑子在保存过程中，由于水分自然流失而导致果肉无法食用。柑橘这种水果和一些易腐烂的水果不太一样，如果方法得当，它可以保存很长一段时间；但是时间过长，随着水分的蒸发，果肉会变得如同败絮一般，无法食用。

利用柑橘的这个特点，明代的刘伯温还写过一篇《卖柑者言》的寓言呢。文中说杭州有一个卖柑橘的人，他卖的柑橘表皮像金玉一般黄澄澄的，十分招人喜欢，于是人们争相购买，但买回去剖开一看，里面果肉已经完全干枯了，好像破烂的棉絮一样，根本没法吃。后来，人们就用"金玉其外，败絮其中"这句话来形容那些外表长得很漂亮，其实能力却很差的人。

# 关公走麦城

**公**元219年，刘备从曹操手中夺取汉中之后，自立为汉中王。

曹操一听大怒，对手下人说："这个织席卖草鞋的家伙竟然自封为王了，简直是吃了豹子胆，我一定要给他点颜色看看！"

他的谋士司马懿劝他说："您这样去讨伐刘备，肯定会动用数十万大军，血流成河，还不一定成功。据我们估计，刘备现在占据了这么多地方，他的盟友孙权一定不会太高兴，我们不如联合孙权，共同合击刘备，承诺将日后攻占的刘备的土地分给孙权一半，这样我们出击刘备时，孙权一定会帮助我们的。"

曹操听了谋士们的话，觉得很有道理，便派人去东吴秘会孙权，讨论合作的事情。孙权因为刘备占着据荆州不还，又接连开疆辟土，威胁到自己的利益，所以对刘备非常不满。而此时东吴政权中主张联刘抗曹的鲁肃已经去世了，接替他的大将吕蒙，也不喜欢刘备。所以，他们接到曹操的密报之后，有些犹豫，不知道是否应该和曹操联合抗击刘备。

当时，诸葛亮的哥哥诸葛瑾在东吴担当重任，他和鲁肃是好朋友，对刘备集团较为友好。他主动提出，愿意去拜见镇守荆州的关羽，替孙权的儿子求亲，请求迎娶关羽的女儿。如果关羽答应的话，东吴便和关羽合力抗曹；如果关羽不同意，那就联合曹操，袭击关羽，夺回荆州。孙权一听感到有道理，便采纳了诸葛瑾的计谋。

不料，关羽素来骄傲刚烈，听到诸葛瑾为孙权之子前来提亲时，非常地不屑，说："我的女儿是虎女，怎么能嫁给犬子呢？"

关帝庙（山西省运城市）

关羽死后被民间尊为神，因此许多地方都建有关帝庙。山西解州关帝庙位于关羽的故乡——山西运城市解州镇。早在隋唐时人们就已经在此建庙纪念关羽，但屡经战火，原庙早已不存。民国时，在解州重建关帝庙。该庙现为国家重点文物保护单位。

诸葛瑾碰了一鼻子灰，回到江东，便一五一十地向孙权报告了关羽的态度。孙权大怒，立刻决定，联曹抗刘，誓夺荆州。

曹操联合孙权合力抗击刘备的消息传到蜀地之后，刘备和诸葛亮商量，忙让镇守荆州的关羽出兵攻打曹操占据的樊城和襄阳，以阻挡曹操的大军入侵。

关羽接到命令之后，只留极少数人马镇守荆州，亲自率领大队人马攻打襄阳和樊城。关羽所到之处，势如破竹，生擒曹操大将于禁，斩杀大将庞德，水淹樊城，名震华夏。曹操惶惶不可终日，准备迁都避开关羽的锋芒。这时，他的谋士再次献计，说可以让孙权去偷袭关羽的后方荆州，这样关羽就只能放缓攻击了。

孙权同意了曹操的请求。他任用吕蒙都督战事。吕蒙探听到关羽在出兵樊城的时候，将荆州大部分士兵都带走与曹军作战，只留下了很少的部队镇守荆州，心中非常高兴。他派出重兵突袭荆州，荆州城守城的将士很少，根本无力抵抗；而且事出突然，他们也没有做好抵抗的准备，仓促之下，只好投降。吕蒙攻下荆州之后，善待荆州的百姓和士兵，没有斩杀蜀军一兵一卒，因而很快得到了荆州人民的拥护。

关羽正在前方和曹军作战，忽然从后方传来消息说荆州被东吴袭击。起初关羽还不信，后来消息确凿，说东吴单方毁掉了孙、刘联盟，已经占领了荆州。关羽又惊又怒，只好先放弃了襄阳和樊城，率领大军直奔荆州。

吕蒙坚守荆州，并且传下号令说："凡是荆州城中追随关羽出征的将士家属，都不许吴兵骚扰，而且每月给他们提供粮食和肉食蔬菜，保证他们的生活。"跟随关羽的将士们听说吕蒙这样优待自己的家属亲眷，都纷纷丧失了抵抗之心，到了晚上，关羽手下有上万的士兵偷跑回了荆州城，不愿意再跟着关羽打仗。

关羽一见这种状况，心里更加怨恨孙权和吕蒙，但是却无计可施。此时，荆州城旁边的南郡、公安两郡守将糜芳、傅士仁因为不被关羽重视，和关羽不和，已经投降了吕蒙。

关羽进不了荆州城，又不能投靠南郡、公安，仓促之间，只好奔向附近的一个小城麦城。关羽的数万军马，因为连续作战死伤，又有很多被吕蒙招降，所以此时只剩了三百多人，部将只剩下义子关平和将军廖化等数人。

关羽带领军马进入麦城后，登上城楼一看，吴兵已经将麦城团团围住，水泄不通，凭借关羽手下的人，根本不能杀出重围。此时，关羽忽然想到刘备的养子刘封此时镇守上庸关，如果他肯派人来救助自己，可能还有一线生机，于是便问身边的将士们说："你们谁敢去上庸向刘封求救？"

廖化慨然站出说："我愿意去。"

关羽叹气说："只怕你不能杀出重围啊！"

廖化大声回答道："以必死之心冲杀出去，没有什么事情办不到。"

说完披上铠甲上马，在关平的掩护下，拼死逃脱了吴兵的追杀，到了上庸。

刘封热情地接待了廖化，然后和副将孟达商量出兵解救叔父关羽。孟达劝他说："听说东吴精兵有三四十万，将荆州围得像铁桶一样，荆州九郡都归属了东吴，只有麦城这样的弹丸之地，还没被攻破。此时曹操还有四五十万大军纵横在江汉一带。面对曹、吴大军，我们手下这点人马贸然去麦城救关公，相当于以卵击石，必定有去无回，将军一定要想清楚啊。"

刘封听了孟达的话后，觉得孟达分析得有道理，于是对廖化说自己不能去救关公。廖化一听，大吃一惊，他痛哭流涕，对刘封叩头流血，但是刘封不为所动。廖化知道求救无望了，于是大骂而去，往蜀中方向去向刘备求助了。

此时关羽正在麦城日夜期盼上庸关的援兵到来，但是刘封却始终未到。最后城中水尽粮绝，实在支撑不住了，关公只好和手下的谋士王甫商量说："当初您让我在荆州多留将士守护，提防东吴方面翻脸不认人，偷袭我们，我没有听从你的意见，现在终于知道自己错了。只是现在援军不来，困在麦城也是死路一条，不如我今夜突围出去，向我的兄长汉中王求救，你看怎么样？"

王甫流着泪说："现在就是姜太公复活，也想不出别的办法了，我赞成您的想法。只是出麦城后有两条路通往蜀中，一条大路，一条小路，我觉得小路怕有伏击，请您一定要走大路。"

关羽昂然道："虽然有伏击，我也不怕，我一定要走小路。"

王甫痛哭着，拜倒在地上，与关公诀别说："您此去一定要小心。我在这里替您守城，城在人在，城破人亡，我绝不会向东吴投降的，请您放心！"

关羽也忍不住落泪。他抚着王甫的背说："那就有劳你了！"

到了夜间，关羽和关平率领二百多士兵，从麦城北门突击出去，谁料刚转到小路上，便被吴军团团围住，关公和关平拼死奋战，无奈寡不敌众，被吴军俘虏。

到了东吴之后，孙权想劝关羽父子投降，答应让他仍然镇守荆州。关羽大骂不绝，一心求死，绝不背叛兄长刘备。最后，关羽父子二人都被杀害了。

关羽死后，吴军拿着关羽的人头到麦城劝降，王甫见关公已死，大哭一场，跳城楼自杀了。

自此之后，东吴全部占领了荆州，将刘备的势力彻底排除在了荆州之外。

### 【博闻馆】

## 中国古代都有哪些开国皇帝出身于"草根"阶层？

古代，皇帝被称为是龙的化身、天的儿子，是天生贵胄。可是有些帝王却出身于贫寒的家庭——即所谓的"草根"阶层，靠着后天的才干和个人的努力，成就了一番大业。如汉高祖刘邦，年轻时只是秦朝的一个芝麻粒大小的小官——泗水亭亭长。光武帝刘秀，虽然自称是出身皇族，可是年轻时家境贫寒，以贩卖货物为生。三国时蜀主刘备，年轻时也织过草席，卖过鞋子，孙权和曹操都曾经嘲笑过他的出身。后世最著名的"草根"皇帝莫过于明太祖朱元璋。朱元璋年轻时当过和尚，要过饭，最后走投无路，才投靠了义军。但是朱元璋有勇有谋，雄才大略，依靠自己的本领，开创了大明王朝数百年的基业。

# 张飞之死

**关**羽在江东遇害的消息传到了蜀中，刘备痛哭不止，一连晕过去好几次。他对诸葛亮说："东吴杀了我的二弟关羽，我一定要带着蜀地全部的军马，去讨伐东吴，为二弟报仇。"

诸葛亮劝他说："现在曹操的大兵还屯集在江汉一带，如果我们现在去攻打东吴，曹操就会坐收渔翁之利。听说前两天孙权害怕我们为关公报仇，已经将关公的头送给了曹操，想嫁祸曹操，让我们去找曹操报仇。不过曹操没有上孙权的当，他已经用王侯的礼仪安葬了关公，说明他也不想公然与我们为敌。曹操和孙权都不怀好意，盼望我们和对方打仗，自己可以得到更多的好处。我们不要上他们的当啊！"

刘备听了之后，只好勉强压下怒火，先替关羽发丧，暂时没有挑起对东吴的战争。过了没多久，曹操病死，他的儿子曹丕篡夺了汉朝的政权，逼献帝退位，自己当了皇帝，国号魏。

刘备知道这个消息之后，便也在公元221年在成都称帝，国号汉，历史上称它作蜀汉或蜀。

刘备登基不久，又要兴兵讨伐东吴。大将赵子龙等人百般劝谏，刘备坚定地说："东吴害了我二弟，与我有不共戴天的仇恨。当年我和关羽、张飞兄弟三人在桃园结义，立下同生共死的誓言，现在二弟被孙权害死，我能不为他报仇雪恨吗？前一段时间我想起兵，但是你们忌惮曹操的势力，劝谏我休兵。现在曹操已死，我还有什么可怕的呢？你们不要劝我了，我的主意已定。"

众人见刘备心意已决，也不敢再说什么了。刘备见无人阻拦，便开始调兵遣将，分封镇守阆（làng）州的张飞为车骑将军，封西乡侯。令人快马加鞭，去阆州宣召张飞。

张飞（剪纸）

张飞一直在阆州任职，自从听到关羽被害的消息后，便日夜哭泣，每天借酒浇愁，一心想为关羽报仇。

张飞性格本来就急躁，心中惦记二哥被害，心情更加郁闷，常借酒消愁，因此对待手下的人也渐渐苛刻残暴起来。后来发展到一喝醉酒就鞭打身边的士兵，有些人甚至被活活打死。手下的人都敢怒而不敢言。

这天，张飞又在饮酒，忽然听见刘备使者到来，说要兴兵讨伐东吴，心中大喜，忙问使者说："我二哥的血海深仇，早就该报了，为何皇上没有早日发兵？"

使者回答说："朝中大臣都劝皇上说，曹丕篡立了汉朝政权，建立魏国，他才是我们真正的敌人，应该先灭掉魏国再讨伐吴国。"

张飞圆睁双目，怒喝道："这是什么话？当年我和两位兄长桃园结义，发誓同生死，共富贵。现在二哥不幸遇害，我能独享富贵吗？我要当面去见天子，愿意亲自做先锋，为二哥挂孝伐吴。"

说完，便和使者一起前往成都。

这时刘备正在紧张地操练军马，准备伐吴。不料大臣们日日前来劝告，不要贸然发动对吴国的战争，这样对蜀国没有好处，反而会让魏国趁虚而入。刘备见这么多人来劝说自己，心里也有些犹豫，不知该不该取消伐吴的念头。

正在这时张飞随使者来到成都。刘备连忙请张飞在演武厅相见。

张飞一见刘备，便抱住刘备的脚放声痛哭不已。刘备也抚摸着张飞的背跟着一起哭泣。张飞哭着问刘备说："陛下今天做了皇帝，早忘了当日我们在桃园发的誓言了吧？二哥的仇，您为什么不报？"

刘备说："大臣们纷纷劝阻我，我一时没有下定决心。"

张飞说："大臣们只知道保住眼前的荣华富贵，谁会在意我们三人当年同生共死的盟约？如果陛下不去，我愿意孤身一人，深入东吴，为二哥报仇！"

刘备流着泪说："我愿和三弟一起前往东吴！"

张飞在地上哭拜说："当日我们三人的盟约，天下人都知道，哥哥不要又改变了主意，让外人耻笑！"

刘备说："你放心，我说到一定做到。你带领阆州的兵马，我自己也亲自率领一支精兵，我们在江州会合，共同伐吴，为二弟报仇！"

张飞又喜又悲，立刻骑上战马，就要回阆州率领兵马赶赴江州。刘备扯住他的衣袖说："三弟，大战在即，有件事我一定要叮嘱你。听说你在阆州，一喝醉了酒，就鞭打身边的士兵，这么做会引发大祸啊！你回去之后，一定要对将士们宽容，不要再犯这样的错误了。"

张飞哽咽着表示一定会听从刘备的劝告，连夜赶回阆州去了。

回到阆州后，张飞立即召集将士，告诉他们，近期部队要和吴军开战，到时部队要打着白色的旗子，士兵们都穿上白色的孝服，和吴军决一死战。

到了晚上，张飞帐下两位将军范疆、张达到大帐中禀报张飞说："全军上下都要穿白色战袍，挂白色的军旗，这需要大量的白布，但是现在一下子找不到这么多白布啊！所以想请您多宽限我们几天，我们好想办法。"

张飞一听，大怒道："我恨不得明天就出兵伐吴，你们竟敢违逆我的命令，看来是想要讨打！"

说完，便命令卫士将范疆、张达二人捆在树上，每人鞭打五十，打得两个人皮开肉绽，满嘴流血。张飞还是怒气未消，指着范、张二人说："明天就要把战袍和战旗准备好，不然小心你们的脑袋，还不快滚？"

范疆和张达二人相互搀扶着，好容易走到营房。范疆说："怎么办？明天肯定弄不出来这么多白布，难道我俩就等着掉脑袋？"

张达恨恨地说："与其让他杀了我们，不如我们俩先杀了他。我们来赌一把，如果今天晚上他又喝醉了，我们就能够杀死他，那么我们就不该死；如果他没有喝醉，咱俩明天就等着砍头吧！"

范疆想了想，也没有别的办法，只好同意了张达的计划。

当天张飞果然又大醉在帐中。范疆和张达二人偷偷打探到了消息，便身藏短刀，潜入大帐，砍下了张飞的人头，连夜逃往东吴去了。

### 【博闻馆】

#### "坐收渔翁之利"是什么意思？

"坐收渔翁之利"来源于一个成语：鹬蚌相争，渔翁得利。传说在很久很久以前，有一只河蚌正张着壳晒太阳。有一只鹬鸟，伸嘴去啄河蚌的肉。河蚌连忙把壳合上，紧紧地钳住了鹬鸟的嘴。鹬鸟就说："今天不下雨，明天不下雨，你早晚会死。"河蚌也不甘示弱地说："今天我不放开你，明天我也不放开你，你也早晚会死！"两只动物谁也不肯放松对方。过了一会儿，来了一位渔翁，看见河滩上这一幕，便乐呵呵地把它俩一起活捉了回家，大吃了一顿。

后来，人们就用"渔翁得利"或"坐收渔翁之利"来比喻双方相持不下，结果两败俱伤，让第三者得利。

# 火烧七百里连营

张飞遇害的消息传到成都后，刘备大哭一场，然后率领精兵七十余万，气势汹汹地去讨伐吴国。刘备亲自挂帅出征，并带着关羽的儿子关兴、张飞的儿子张苞去前线杀敌，留太子刘禅和丞相诸葛亮在成都镇守。

孙权得知刘备率领大军前来讨伐，大吃一惊，连忙和谋士们商量对策。此时周瑜、鲁肃、吕蒙等大将均已去世，没有一位堪当大任的将领可以带兵出征抵挡刘备，东吴君臣无法，只好派诸葛瑾去刘备那里求和。

诸葛瑾对刘备说："当日曹操以汉朝天子的名义，命令吴侯（孙权）袭击荆州，吴侯没有答应。谁料吕蒙不听吴侯的调遣，自己擅自发兵袭击了荆州，并将关公杀害。吴侯到现在还后悔当时没有及时阻止吕蒙呢。现在吕蒙已经去世了，杀害张飞的范疆和张达，吴侯也愿意奉送给刘皇叔；荆州之地，吴侯也愿意全部还给您，就是想请您先撤兵，我们两家和好，共同对付曹操！"

刘备冷冷地说："子瑜（诸葛瑾的字）这些话只能骗骗小孩子，岂能骗得了我？你们东吴杀死了我二弟，我和你们有血海深仇，你回去转告孙权，我一定要血洗江南，祭奠我二弟！"

诸葛瑾见刘备难以被说动，只好怏怏不乐地回到江南，向孙权禀报了刘备的话。孙权大惊，愁得连饭都吃不下去。

而此时，刘备伐吴却进展顺利，他一路攻城略地，占领了吴军的猇（xiāo）亭。孙吴派出的军马根本就挡不住刘备的精兵。后来，孙权实在想不出别的办法，只好将张飞的人头用沉香木匣装好，并将杀害张飞的范疆和张达用囚车关押，送给刘备；还承诺将荆州也还给他，希望他能尽快撤兵。

陆逊雕塑（湖北省赤壁市）

陆逊（183—245），字伯言，吴郡吴县（今江苏苏州）人。三国时期东吴名将，历任东吴大都督、丞相。公元222年，率军与讨伐东吴的刘备大军作战，设计火烧刘备大营，大败蜀军。此后，统率吴军抗魏，战功卓著。公元244年，任东吴丞相，后因卷入立嗣之争而受孙权责罚，忧愤而死，葬于苏州。

刘备见到张飞的人头，用手抚着额头，滴泪说："这是我三弟在天有灵啊！"说完，命张苞杀死了范疆、张达二人，祭奠张飞。

东吴的使者献上孙权求和的书信，希望刘备退兵，两国和好。刘备不听，发誓要灭了吴国。他的谋士马良劝他说："现在杀害关公和张将军的仇人都已经死了，吴国也愿意将荆州交还给我们，我建议咱们还是退兵吧。两家言和，共同抗击魏国，这是天下人的愿望啊！"

刘备咬牙切齿地说："孙权是我的仇人，我不杀了他难消我心头之恨，你们不要再劝我了！"

东吴方面知道刘备还是不依不饶，只好重新商量选拔新的将领。这时，大将阚泽推荐镇西将军陆逊当大都督，抗击刘备。

陆逊当时年纪很轻，相貌清秀，猛地一看，就像一位文质彬彬的书生。因此东吴旧臣张昭等人都反对任用陆逊，他们说："陆逊不过是个书生罢了，根本不能抵挡刘备。主公不要任用他。"

阚泽大声对孙权说："陆伯言（陆逊的字）年龄虽轻，却是一位难得的将才。以前吕蒙袭击荆州的时候，也是伯言替他出的主意。现在刘备已经兵临城下，如果主公再不下定决心，东吴就要灭亡了！我愿意用全家人的性命担保陆逊做大都督。"

孙权握住阚泽的手说；"爱卿说的是。我知道陆逊，吕蒙生前常常向我夸赞他足智多谋。我这就封他做大都督，全力抵抗刘备。"

陆逊临危受命，果然很有大将风度，他严肃军纪，赏罚分明，虽然有些老将军觉得他年纪太轻，资历不足以当都督，但是有孙权的命令，大家也不敢违抗。陆逊上任以来，每天督促军队严守关卡，却从不主动出击，不论手下的老将们怎么发牢骚，他就是一言不发，绝不允许部下去进攻刘备的蜀军。

这时刘备的部队在猇亭布下军阵，队伍一直沿袭到川口，前后相连大概七百里，共四十个营寨。每到晚上，军营内便火光冲天；白天则看见山谷内军旗飘扬，好像要把太阳都遮住了。一天，有人禀报刘备，说东吴更换了陆逊做大都督。

刘备向左右问到："陆逊是什么人？"

马良禀报说："陆逊是江东的一介书生，虽然年纪不大，但是足智多谋，之前曾经帮助吕蒙袭击荆州。他虽然年轻，但我看他的才华不在周瑜之下，您千万不要轻敌。"

刘备说："我带兵打仗三十多年了，难道今天反倒害怕一个黄口小儿吗？"

于是，便亲自率领一队军马，攻打东吴的关卡。

不料，陆逊坚决不让吴军出击，无论刘备的部下怎么挑衅甚或辱骂，他都高挂免战牌。东吴的老将看见蜀军挑衅，都沉不住气，要出兵迎战，陆逊下了死命令，任何人不许出战，否则就要被砍头。

刘备见吴兵不出来应战，干着急却没有办法。当时蜀军已经在外打仗七八个月了，大军每天的粮草和饮水都是大问题，多驻扎一天就要多耗费许多粮草。而且此时正是六月天气，酷暑难当，士兵们都纷纷嚷着太热，要求将大营移到有树荫、距离水源近的地方去。刘备见大家热得实在受不了，便想答应大军转移军营。

马良连忙阻止说："如果我们大军一动，万一吴军忽然袭击我们怎么办？千万不要随便移动军营。如果非要移动，我们还是把计划给诸葛丞相看一看吧！"

刘备说："我自己便熟知兵法，何须又要问丞相？不过，你既然这么说了，那就派你去给丞相送一份图表吧。移营的事情你让丞相大可放心，我都已经计划好了，吴军现在被我们打得不敢出来了，怎么会忽然攻击我们？"

说罢，便让马良火速去成都，把一份详细的移营图本交给诸葛亮。诸葛亮收到图本后，暗暗叫苦，问道："是谁给皇上出的这个主意？赶快杀掉这个人！"

马良说："是皇上自己的主意。"

诸葛亮叹息着说："哎！汉朝的气数尽了。在树木茂密又临江河的地方安营扎寨，本来就是兵法的大忌，如果敌人忽然放一把火怎么办？更何况还连营七百里，一旦大火烧起，谁也逃不出来啊。陆逊之所以坚守不出，也正是在等这个机会。你赶快回去劝告皇上，请他千万不要移营，马上改变营寨的方位，否则大祸就要临头了！"

马良听了之后，脸上也变了颜色，忙问："那我回去之后，如果吴军应经取胜了怎么办？"

诸葛亮说："放心吧，陆逊不敢来偷袭成都，因为还有曹丕在他们身后，他们怕曹丕趁机把他们灭了。如果皇上一旦兵败，你让他先到白帝城躲避一下吧，其余的事情，交给我。"

马良连忙星夜往刘备身边赶。

不料此时，刘备已经让士兵移营，当时山中正好刮东南风，陆逊见时机已到，立刻召集手下将士，半夜潜往蜀军大营，带着火种和硫磺，放火烧山。顿时，蜀军大营火光冲天，大火将营寨旁边的大树都点燃了，火势越烧越旺，很多士兵还没来得及拿起武器便被活活烧死，那些拼死挣扎出火海的士兵，又被堵在外围的吴兵夹击，死伤无数。

刘备见到这种变故，也大惊失色，眼看着兵败如山倒，却无计可施。在御林军的拼死护卫下，刘备仅带着亲信随从一百多人，一路往西逃跑，吴兵在身后步步紧逼。大将傅彤自愿为刘备断后，张苞、关兴保护刘备先行逃走，途中恰好遇到在附近防守的赵云，赵云等人死战才将追赶的吴军杀退，护送刘备进入白帝城暂时躲避。

【博闻馆】

## 什么是"免战牌"？

在中国古代的小说中，常常出现一个词叫"免战牌"。所谓的"免战牌"，就是在古代战场上，向敌方宣布或要求停战的牌子。古代人讲究信用为上，即使在战争中也不能没有信用。因此，当一方挂起免战牌时，另一方便不能主动攻击。当然，高挂免战牌的一方大多都有坚实的城墙来阻挡对方进攻，所以一般而言，一方挂了免战牌的话，对方就不会再攻打它，直到对方取下免战牌。

现在，"免战牌"则用来比喻一方要求暂时停止争斗、辩论等活动。

# 白帝城托孤

**猇**亭大战之后，刘备大败，只带领数百人退守白帝城。过了不久，马良也到达白帝城，向刘备禀报了诸葛亮的意思，让他放心成都的防守。刘备感慨唏嘘不已，心中非常感激诸葛亮。

此时刘备已经年过六十，又连遭变故，到了白帝城之后，日夜焦虑懊悔，想要回成都去，但又觉得大败而归，颜面扫地，不好意思面对当日劝谏自己的臣子。这样日思夜想，刘备的身体很快垮了，不久便病入膏肓，起不来床了。

刘备知道自己快要不行了，连忙派人去成都请诸葛亮来到白帝城，想把后事托付给他。

诸葛亮得到诏令后，连忙带上刘备的次子鲁王刘永、三子梁王刘理星夜赶往白帝城。到达永安宫之后，诸葛亮等人见刘备病危，都哭倒在龙榻前。

刘备让侍从扶起自己，用手抚摸着诸葛亮的胳膊说："我自从得了丞相，才成就了一番大事业。谁料我智力有限，眼光短浅，没有听从丞相的劝告，导致今天的失败，这都是我的过错啊。现在我已经活不了多久了，不得不请丞相来托付后事。"说着，便泪流满面，哽咽着说不下去了。

诸葛亮也哭着说："愿陛下保重龙体，千万不要辜负了天下人的期望啊！"

刘备勉强抬起头来，看到马良的弟弟马谡在诸葛亮身后侍立，便让他先出去。等屋里只剩下诸葛亮时，刘备问诸葛亮说："丞相觉得马谡这个人怎么样？"

诸葛亮说："这个人是当世的英才啊！"

刘备摇着头说："我看这个人，言过其实，千万不能委以重任，丞相一定记得我的话！"

说完，刘备又让诸位大臣都进来，索要笔墨写了遗诏，然后将遗诏递给诸葛亮，叹着气说："我听人说'鸟之将死，其鸣也哀；人之将死，其言也善。'我本来想和你们共同讨伐曹贼，光复汉室，谁料现在在半路上，就要分别了！"

大臣们听见刘备这样说，都跪倒在地上呜呜哭起来。

白帝城托孤（邮票）

刘备见状，也悲伤不已，他对诸葛亮说："烦劳丞相将遗诏交给留守成都的太子刘禅，以后不论大小事情，还请丞相多多指点他！"

诸葛亮伏地痛哭说："愿陛下保重龙体，我们这些臣子甘愿效犬马之劳，报答您对我们的知遇之恩！"

刘备一面擦泪，一面拉着诸葛亮的手说："估计我很快就要死了，临终之前，有一句肺腑之言要告诉你！"

诸葛亮说："请陛下直言相告吧！"

刘备哭着说："丞相的才华超过曹丕十倍，必然能够安定国家和人民。如果我的儿子刘禅能够辅佐，就请您尽心辅佐他；如果他是个不成器的君主，您可以废掉他，自己做成都的主人。"

诸葛亮一听这话，马上大惊失色，手足无措，哭着说："我怎么敢不尽心尽力辅佐太子呢？我一定会为皇上和太子效忠，鞠躬尽瘁，死而后已，请皇上放心！"说完，以头叩地，头上都磕出血来。

刘备连忙请诸葛亮端坐在榻上，然后让儿子鲁王刘永和梁王刘理到跟前来，吩咐说："你们都一定要记着我说的话，等我死后，你们和太子三人都要像对待父亲那样对待丞相，不能有丝毫怠慢。"

说着，刘备又转头对诸葛亮说："请丞相端坐，让我的儿子们拜您为父。"

接受了鲁王和梁王叩拜后，诸葛亮流着泪说："我就算是肝脑涂地，也难以报答陛下对我的知遇之恩啊！"

刘备又对其他大臣们说："我已经向丞相托孤，让我的儿子们像对待父亲那样对待丞相。以后你们也都要更加尊重丞相，凡事都要听他的调遣，不要辜负了我对你们的期望。"

说完这些话，刘备已经累得气喘吁吁了。侍从们劝他躺下歇息一下，他摆摆手，叫赵云走到自己跟前。刘备流着眼泪说："我和卿在患难中相识，到今天已经数十年了，谁料到现在要在这里分别了。日后还请你看在我们相知一场的情分上，尽力照顾我的幼子，不要辜负了我对你的期望！"

赵云哭拜在地，说："臣愿意效犬马之劳以安抚社稷，请陛下放心！"

刘备微笑着点了点头，又对诸位大臣们说："我不能一一叮嘱诸位了，以后就请你们大家多多保重吧！"

说完，头一歪，便死去了。

诸葛亮率领群臣料理了刘备的后事，将刘备的灵柩迁回成都。太子刘禅在郊外哭迎，诸葛亮和诸位大臣按照刘备遗嘱，立刘禅为大蜀皇帝。

【博闻馆】

## 白帝城的来历和传说

白帝城位于重庆奉节县瞿塘峡口的长江北岸，原名子阳城，为西汉末年割据蜀地的公孙述所建。西汉末年，王莽篡位时，他手下的大将公孙述割据了四川。不久，公孙述听说城中有口白鹤井，井中常冒出一股白色的雾气，看形状好像一条长龙，直冲云宵。公孙述本来就想当皇帝，一直找不到借口，现在一看机会来了，便故意说这是上天降下的祥瑞，这种自然现象叫做"白龙出井"，是他日后要成为皇帝的征兆。后来，他便以此为借口，在公元25年自称白帝，所建的城池取名"白帝城"，此山亦改名"白帝山"。不久，公孙述败给了光武帝刘秀，但白帝城这个名字却流传了下来。

到了三国时，刘备和吴军作战失败，无颜回到成都，就在白帝城修建了行宫——永安宫，著名的白帝城托孤的故事便发生在这里。

唐朝时，大诗人李白被流放到这里时，遇赦得还，非常高兴，便写了脍炙人口的《朝发白帝城》："朝辞白帝彩云间，千里江陵一日还。两岸猿声啼不住，轻舟已过万重山。"自此之后，白帝城更加出名，成为著名的人文景观。

# 诸葛亮七擒孟获（一）

**刘**备在白帝城病死后，诸葛亮回到成都，辅佐刘禅做了皇帝，历史上称他为蜀汉后主。

刘禅本身没什么能力，就把什么事都交给诸葛亮打理。诸葛亮竭心尽力地治理国家，想使蜀汉尽快兴盛起来。偏偏这时传来紧急军报：南方部落酋长孟获联合几个郡县的部族首领发动叛乱了。

诸葛亮认真分析了一下形势，认为魏国不久前攻打吴国落得大败，一时是没有能力来攻打蜀国的。于是他派人去东吴见孙权，商量两家重新和好对抗曹魏。孙权同意了。外交搞好后，他又整理内部事务，奖励农耕，训练兵马。把一切安排好之后，他才亲自率领大军，到南方去平乱。

临走时，参军马谡来送行。诸葛亮就虚心地问他对这次南征有什么好建议。马谡说："南方地势险要，人口又杂，如果用武力征讨，一时平定了，以后他们还会起来闹事。我听说用兵是攻心为上，最好能叫他们心服口服，才能够一劳永逸呀。"诸葛亮连连点头称是。

诸葛亮率领训练有素的精锐蜀军向南进军，很快就平定了几个地方。孟获接到战报，怒气冲天，决定亲自领兵来战。诸葛亮派人一打听，知道孟获力大如牛，有万夫不当之勇，而且他待人慷慨，在各族群众中颇有威望。诸葛亮决心把孟获收服，他下了一道命令，只许活捉，不许杀害。

孟获手下人马很多，他自己作战也很勇猛，蜀军跟他交锋时，没几个回合就败退下来了。孟获仗着自己人马多，就一股劲儿在后面紧追不舍，却不料正好中了诸葛亮的埋伏。南兵被打得四处逃窜，孟获带着十多骑人马冲出重围，逃到山上。正在庆幸得以逃脱时，忽然山谷中一阵鼓响，孟获的残兵再次被人杀散，他本人也被活捉了。

孟获像

　　蜀军大寨摆开丞相仪仗，只见军队布列十分严整，刀剑如林。诸葛亮下令把捉回来的蛮军俘虏都放回，说："你们都是好百姓，被孟获骗来打仗，家里父母妻子一定记挂着你们的安危。现在我放你们回去合家团聚。"

　　然后诸葛亮令人把孟获押上来，问他道："你自以为能，常常侵犯边境，如今被我捉到，服不服气？"

　　孟获大声道："我只是误中了埋伏，才落到你手上，怎么会服气呢？"诸葛亮便说："你既然不服气，那我今天把你放走，怎么样？"

　　孟获有点吃惊，说："你

　　孟获为彝族人，是三国时期南中一带一个很有影响的首领，其生卒时间无法考证。他曾经起兵反叛蜀汉，后来被诸葛亮七擒七纵并降服。《三国志》本传中并未记载孟获其人，他的相关事迹仅在《汉晋春秋》和《襄阳记》等史籍中有记载。

三国演义故事

133

放我回去，我整顿军马来和你一决输赢；如果我再被你捉住，我才服气。"诸葛亮说话算话，果真把他给放了。

孟获吃了一次亏，也长了些见识。他带着人马退到泸水南岸，并筑墙修楼，又准备了弓箭、石头什么的，打算坚守不出。他想诸葛亮大老远地跑来跟自己打仗，带来的粮食肯定会吃光，到时自己可以趁机出兵追击。

诸葛亮派人到泸水探测地形，准备渡河。他派士兵天天坐着十几支筏子去渡河，每次到河中心，就被对面孟获的守军用弓箭射回来了。其余大军却兵分两路，趁着黑夜从上游和下游的狭窄地段，纷纷渡过了泸水。

孟获派人出战，一个回合就被蜀军斩了。孟获又派了一个叫董荼那的部族首领出战，董荼那就是之前诸葛亮放回的首领之一，他想着报德，也就打了一个回合，回去对孟获说战不过蜀军。孟获大怒，说他故意卖阵，让人把他推出去斩了。众人求情，孟获叫人打了他一百军棍才罢休。董荼那回本寨后，邀众酋长来商议说："诸葛亮用兵神鬼莫测，连曹操、孙权都害怕他，孟获却不知死活，硬要和他作对。我们都受过诸葛亮的活命之恩，不如生擒孟获去献给蜀军，以免受他凌辱之苦。"众人都说好。

董荼那就手执钢刀，率领众人直奔孟获的大寨而来。孟获当时喝醉了酒，正在呼呼大睡，当下就被囫囵捆住了。

董荼那就把他献给了诸葛亮，诸葛亮便问孟获是否服气了。孟获说："我如今被擒，是手下人自相残害，可不是你的本领大呀。"

诸葛亮也不跟他急，笑着问："那我就再放你回去，怎么样？"孟获说："我虽然是蛮夷之人，但也精通兵法，若丞相肯放我回去，我一定率兵来再决胜负。如果再被擒，我就真心归降！"喝过酒后，诸葛亮带孟获到军营参观了一番，然后把他放走。

孟获回去后，召集手下人马，选出五百名精悍的刀斧手，偷偷挨近蜀军的大营。孟获想蜀军刚打了胜仗，肯定没有戒备，加上白天诸葛亮带他参观了军营，他自以为掌握了虚实。他们摸进蜀军营寨，冲进去一顿猛砍，却发现一个人都没有。孟获知道中计了，刚想退出就被蜀军包围起来了。原来诸葛亮把人马埋伏在了营外。孟获被人带上来，诸葛亮笑着问他："这次你可服气了？"孟获把脖子一梗，说："是我自己上了你的当，连仗都没有打上一仗，这怎么可能叫我服气呢？"于是诸葛亮又把他放了。

【博闻馆】

## 攻心为上

古代高明的军事家用兵，讲究从思想上瓦解敌人的斗志，是以"攻心为上，攻城为下；心战为上，兵战为下"。因为强行用武力战胜对方，而对方没有真心臣服的话，对方还会伺机起来反抗，所以之前凭借武力夺取的果实并不可靠，还有可能失去。

　　诸葛亮平定南中，对孟获七擒七纵，就是在运用心理战。他一方面运用强大的军事力量震慑孟获，一方面又不失时机地对孟获发动了心理攻势：或在生擒孟获后对他表示宽容，或在孟获走投无路的情况下对他进行劝降，最终使孟获心服口服，达到兵不血刃的效果，从而使蜀国的后方稳定下来，解决了北伐曹魏的后顾之忧。

# 诸葛亮七擒孟获（二）

**诸**葛亮前三次都把孟获放走了，众将领都表示不理解。诸葛亮说："孟获连年侵犯边境，我们出兵讨伐，不在于多杀伤，而是要他们心服，才能永保安宁。"他传令安营扎寨，派出哨子打探孟获的动静。

孟获受了三擒之辱，回去后就把自己的金银珠宝全部拿出来，吩咐人送给八番九十三甸各部酋长，向他们借来十几万大兵，打算好好跟蜀军大干一仗。孟获这次仗着人多，冲杀了过来。诸葛亮便在西洱河边扎下营寨，传令军队闭门坚守，不许出战。

过了几天，诸葛亮升帐，传令众将依自己的计策行事。第二天天刚亮，孟获带着大队人马又到蜀军营寨前，却发现营寨已空。孟获便想过河追赶，但发现河上的竹桥已经被蜀军拆掉了。他派人上山伐竹，准备重新架桥。不料，突然听到喊声震天，背后冲出一股蜀军人马。

孟获大吃一惊，慌忙引兵杀开条路往回跑，又接连被两彪军队前后夹击，他抵抗不住，只带了十几个心腹，逃到山谷。前面忽然出现一辆四轮车，上面坐着诸葛亮。诸葛亮轻摇着鹅毛扇，笑道："孟获，这次服气了吧？"孟获很生气，带着人冲上去，想把诸葛亮连人带车砍得粉碎。可没跑上几步，他就连人带马掉到陷坑中了。

诸葛亮回到军帐中，把俘虏的八番九十三甸酋长招来，好言抚慰了一番，都放回了。然后传令把孟获押上来，问他道："这次你被我捉住，又有什么话说？"孟获说："你用诡计捉住我，我死也不服！"诸葛亮便叫武士把孟获推出去斩了。孟获却全然不惧，说："你敢再放我回去，我必然能报四次被擒之仇。"诸葛亮大笑，问他为何不服。孟获说："丞相专会用诡计，如何叫人心服呢？"诸葛亮就又把他放回去了。

孟获回去后，就去投奔西南一个叫朵思大王的洞主。朵思大王收留了他，扬言要为他报仇。在孟获的大哥孟节的帮助下，诸葛亮率领大军克服了种种困难，准备向朵思大王发动进攻。朵思大王获悉消息后，下令士兵饱餐一顿，准备率士兵直冲蜀军营寨，拼死取胜。这时，兵丁上来报告说："银冶洞主杨锋引三万铁甲兵前来助战。"朵思大王大喜，忙命将他请进来，摆酒宴款待。大家喝到半醉的时候，杨锋说："我军中有善于跳舞的姑娘，让她们来助助酒兴如何？"孟获等都齐声说好。

当十几个姑娘舞得眼花缭乱，大家正看得高兴时，杨锋猛喝一声："拿下！"朵思大王、孟获等便被人擒住了。孟获说："我与你无冤无仇，为何害我？"杨锋说："你如今反叛，让百姓不得安生，人人得而诛之！"杨锋便把孟获等献给了诸葛亮。诸葛亮笑着问孟获："你这次心服了没有？"孟获说："这次是我洞中之人自相残害，才变成这样，你要杀就杀，我只是不服！"诸葛亮偏要叫他心服，便又放走了他。

孟获这次回到他的老巢银坑洞。银坑洞地形险要，前面有三江城，蜀军久攻不下。后来，诸葛亮命士兵用衣服包土，堆在城池下，积土成山，登上了城墙。孟获大惊，自知抵挡不住，便带人翻山越岭跑了。第二天，诸葛亮正要分兵去捉拿孟获，忽然有人来报：孟获的妻弟将孟获等数百人擒来投降了。

诸葛亮不动声色，叫人进来吩咐了一下。等孟获一干人进来，他大喝一声："把诈降的人擒下！"叫人搜查他们的身上，果然都藏着利刃。诸葛亮对孟获说："你这次的诡计被我识破，服不服？"孟获红着脸说："这次是我自己送上门的，我要再战一次，方才心服。"诸葛亮长叹一声，又把他们放了。

孟获的老巢都被毁了，不知该去哪里安身。他的妻弟劝他去投奔乌戈国的兀突骨大王，说乌戈国有三万不怕刀枪的藤甲兵，一定能打退蜀兵。孟获见了兀突骨大王，要他出兵相助。兀突骨大王说："蜀军怎敢如此猖狂，我出动三万藤甲军，给你报仇！"蜀军跟藤甲军交战，藤甲军刀砍不透，箭射不穿，蜀军只得退走。藤甲军也不追赶，带甲渡水而回，竟然也不下沉。

诸葛亮找来当地土人询问，方知藤甲是将山中老藤用油浸日晒了十多次后结成，所以刀枪不入，落水不沉。他又带着土人去察看地形。当看到一条形似长蛇的盘蛇谷后，他十分高兴，唤过众将吩咐安排了一番。

蜀军又去挑战，藤甲军杀过来，他们就边战边退，一直退到盘蛇谷。转了几个弯，蜀军却突然不见了。兀突骨大王正在疑惑，只见火光顿起。原来是山上两边丢下火把来，引燃地上埋着的火药，藤甲军便被火烧得鬼哭狼嚎。孟获在寨中等着人回报，有蛮兵来告诉他说诸葛亮被藤甲军困在盘蛇谷了，要他前去接应。孟获大喜，赶紧带领人马赶到盘蛇谷。这时，埋伏的两路蜀军杀出，孟获知道又中了计，措手不及，又被蜀军生擒活捉了。

诸葛亮叫人端来酒食给孟获压惊，自己却不去见孟获。他派人传话说："丞相觉得害羞，不再见你了。你可以回去，再招兵马来决胜负。"孟获终于深受感动，流着眼泪说："丞相七擒七纵，待我仁至义尽了。我打心底里敬服，永不再反了！"

诸葛亮便命孟获和各部落的首领照旧管理他们原来的地区，自己班师回朝了。从此，南方部落再没有发生过叛乱，诸葛亮就一心一意准备北伐了。

**【博闻馆】**

### 古代将士们穿的"铠甲"是什么样子的？

铠甲，就是古代将士行军打仗时穿在身上的一种防护装备，一般是用皮革和铁制造而成的正方形或长方形的小型甲片编缀而成的，可以用来护住胸前和背后。根据兵种的不同，铠甲的样式也不大一样。一般步兵的铠甲衣身较长，骑兵的铠甲衣身较短。铠甲牢固、耐用，在作战时配合盾牌，可以有效防备敌人兵器的攻击。

汉代铠甲画像

这是根据陕西咸阳杨家湾出土的陶俑服饰复原绘制的汉代将官铠甲展示图。从图中可以看出，甲身采用鱼鳞状的小甲片编制而成，共有十四五排。腰带以下部位及披膊，仍用札甲，以便于活动。汉朝末年，军队主流装备是铁甲，士兵的玄甲都有20多斤重。曹操族弟曹纯带领的虎豹骑就是铁骑，从人到马清一色铁甲装备。

# 诸葛亮挥泪斩马谡

**诸**葛亮在七擒孟获后，终于平定了南中，之后就一心想着挥师北伐平定中原。在公元 227 年冬天，他率领大军屯扎汉中，作为进攻祁山的根据地。第二年春天，诸葛亮让人放出消息，说要去攻打郿城，已经派出赵云为前部先锋，进驻斜谷了。

当时，魏文帝曹丕已经病死了，新即位的皇帝是魏明帝曹睿。他在洛阳听到军情报告后，果然就把主要兵力调去东边防守郿城了。诸葛亮便亲自率领主力大军，出其不意地从西路袭击祁山。自从刘备死后，蜀汉多年没动静，魏国也就放松了警惕，所以守在祁山的魏军突然见到这么多蜀军时，不由得慌了神，仓促抵抗了一阵子，就丢盔弃甲跑了。

蜀军一路乘胜进军，势如破竹。祁山北面天水、南安、安定三个郡的守将眼看自己也不是诸葛亮的对手，都纷纷投降了。魏国朝廷上下听到这个消息后，都十分震惊。魏明帝曹睿马上派张郃带领五万人马赶到祁山抵抗，自己也到长安督战，并将司马懿从东边调了回来，一同去对付蜀汉大军。

这会儿诸葛亮顺利到了祁山大营。他拿出军事地图仔细研究琢磨了一番，料定张郃一定会先争夺交通要道街亭，所以决定派一个精通兵法的人去驻守。他看中了参军马谡。

马谡的确是个人才，他熟读兵书，精通兵法，在诸葛亮平定南中时，也出过一些好主意。诸葛亮很欣赏他，曾在刘备面前夸奖过他，刘备却说："马谡这个人言过其实，不能把要紧事派给他干。"但诸葛亮没把这番话放在心上。这一回，他把马谡叫了过来，交给他两万五千人马去守街亭，并再三叮嘱他说："街亭是通往汉中的要道，你要小心守住，千万不能大意了！"诸葛亮另外派了王平，一个平时很谨慎的人，去做马谡的助手。

马谡和王平带领人马到了街亭。一看地形，马谡就笑着对王平说："丞相真是太过谨慎了，这里地形险要，旁边正好有一座山，可以用来布置埋伏，魏兵怎么敢过来？"

王平见马谡要在山上扎营，就赶紧提醒他说："丞相嘱咐过，这次安营扎寨要在道口多架栅栏，加强壁垒，不让敌人过来。"马谡不以为然，说："兵法上说：居高临下，势如破竹。我们在山上扎营，魏兵到来，铁定能杀他们个片甲不留。"

诸葛亮雕塑（湖北省襄阳市）

王平牢记着诸葛亮要他们守住要道的嘱咐，还是再三劝谏。马谡很生气，说："平时丞相行军还老问我的意见呢。我熟读兵书，还不知道怎么做，要你来告诉我？"最后，马谡拨给王平五千人马，让他在山下临近的地方驻扎。之后，王平把街亭安营情况画成图本，派人连夜呈送给诸葛亮。

　　司马懿和张郃会合后，率领魏军赶到街亭。在派人探明马谡等人扎营的情况后，司马懿十分高兴。他派张郃去对付王平那一路人马，自己率领大军把马谡扎营的那座山围了个严严实实。马谡以为正中下怀，下令士兵从山头冲了下去。谁知，魏军出动的全是弓箭手，一层层地把箭射得密不透风，冲下山去的士兵顿时死了大半。马谡着急了，下令其他士兵继续往下冲。冲了几次，还是都被箭雨给射回来了。

　　魏军封锁了山上山下的交通，切断了山上的水源。蜀军冲不出包围圈，困在山上又没了水，揭不开锅，自己内部就先乱了。等到半夜，不少兵士纷纷下山投降，犹如土崩瓦解，马谡也禁止不住了。司马懿瞅准时机，发动总攻。马谡守不住，就带着残兵败将逃跑了。王平这边的五千人马在张郃大军的强攻下，自然也守不住，只好退走了。

　　诸葛亮在收到王平派人送来的图本后，马上打开观看。看后他大吃一惊，拍着桌子说："马谡无知，这下坑死我军了！"左右人忙问何故。诸葛亮说："我看这个图本，马谡不在要道上扎营，而是占山为寨。如果魏军四面围住山，断了水源，不出两天，我军就乱了。"于是，他打算赶紧找人去作补救。这时，有快马探子来报："街亭失守了！"

　　街亭失守，蜀军一下处于被动局面了。诸葛亮为了避免更大的损失，只得把人马全部撤退到汉中。不久，天水、南安、安定三郡又投降了曹操。

　　诸葛亮知道街亭失守完全是马谡的过错，因此责备他说："我屡次告诫你街亭是重要之地，你为何听不进王平的话，弄得现在兵败城陷。若不把你军法处置，如何服众？"

便要叫人把他推出去斩了。马谡自知罪无可恕，便哭泣着说："丞相平日待我像儿子一般，我也把丞相当作父亲。这次我犯了死罪，希望丞相能够想着'杀鲧（gǔn）用禹'的故事，我死了也就没有什么牵挂了。"

诸葛亮也情不自禁地流下眼泪，说："我和你义同兄弟，你的儿子就是我的儿子，你不用嘱咐了。"众将劝说道："如今天下未定，正是用人之际，马谡毕竟是个有才能的人，杀了很可惜。"诸葛亮流泪说："我和马谡义同兄弟，他被处斩我哪有不痛心的啊。但军法不严明，还怎么服众呢?"于是下令斩了马谡。

诸葛亮对众将士说："这次街亭失守，虽然是因为马谡不听劝告，违反了军令，但也有我用人不当的责任啊!"于是他就上了一份奏章给后主刘禅，自降三级。后主依言将他降为右将军，但仍旧处理丞相的事务。

【博闻馆】

## 杀鲧用禹

在远古时代，洪水泛滥成灾，庄稼被淹了，房子被毁了，百姓深受其害。尧帝起用鲧治理洪水。鲧治水逢洪筑坝，遇水建堤，但洪水很快就又把堤坝冲垮了。结果，他费了九年工夫，也没把洪水制伏。舜帝即位后，见鲧治水不力，百姓反受其害，就将他诛杀在羽山（今山东蓬莱东南）。

舜命鲧的儿子禹继续治理洪水。禹汲取了父亲治水失败的教训，踏遍九州实地考察了一番，摸清了洪水流向和走势后，决定根据水流规律来因势疏导洪水。他根据地理情况，高的地方培土，低的地方加以疏浚，开山凿渠，疏通水道。历时十三年之久，终于有效制伏了洪水。

舜帝"杀鲧而用禹"，不因父过而鄙薄其子，给大禹得以成功治水的机会。所以，后来蜀汉大将马谡痛失街亭被诸葛亮处斩时，恳切地对诸葛亮说，请丞相像舜帝杀鲧而用禹那样，关照他的孩子。

# 死诸葛智胜活仲达

**诸**葛亮五次北伐，出兵祁山都没有成功。他汲取了前几次出兵粮食供应不上的教训，设计了"木牛"、"流马"两种运粮车，准备了充足的粮草。他又派使者去东吴，和孙权约定同时发动对魏国的进攻。

公元234年，诸葛亮出动十万大军进行最后一次北伐。他率军出了斜谷口，在渭水南岸的五丈原扎营。魏明帝曹睿派司马懿率领魏军渡过渭水，筑起营垒防守，和蜀军对峙。他自己亲率大军到南面抵挡东吴的进攻。为了作长期打算，诸葛亮派一部分士兵巩固营垒，另派一部分士兵屯田耕种。

诸葛亮本来想等听到东吴孙权进攻取胜的好消息，结果却令他失望：东吴战斗失败，已经撤回江东了。而自己这方面，司马懿吃过自己几次败仗后，就坚守不出。蜀军天天到魏军军营前叫骂挑衅，司马懿还就是装着没听见，怎么也不肯出来对阵。

魏军不肯出来应战，只有想法子激怒司马懿。诸葛亮于是派人给司马懿送去一个大盒子。司马懿当着众将的面打开盒子来看，里面是一套妇女穿的衣服，还有一封书信。书信的大意是：你司马懿作为大将，统领中原大军，不敢出来作战，而是躲在巢穴内以避刀剑，和藏在闺房的小姐有何区别呢？这套妇女衣服你正好穿。

司马懿看完信，心中大怒，口头上却还打哈哈说："诸葛亮把我看成妇人呀！"

他款待使者，问道："你们丞相最近忙得怎么样？可睡得好，吃得好？"

使者以为司马懿问的都是些客套话，就老实回答说："丞相起得早，睡得晚，军营里大小事都会亲自过目，饭也吃得很少。"

等使者走后，司马懿转头对众将领说："诸葛亮吃得少，事务又那么繁杂，怎么能活得长久呢？"

果然，诸葛亮由于太过操劳，终于病倒在军营里。

姜维等进帐来问安，诸葛亮叹息一声，说："我本想尽心竭力去恢复中原，振兴蜀汉，奈何旧病复发，无力回天啊！"他于是把自己写的兵书和"连珠弩"的作法传给了姜维，又向其他将领分别嘱咐了一番。

后主刘禅听到诸葛亮病危的消息，大吃一惊，叫尚书李福连夜赶到五丈原来慰问。诸葛亮向他交代了一些军国大事，说以后蒋琬可以担当治理国政的大任。李福问蒋琬之后，谁可继任，诸葛亮说费祎可以。李福还想多问问，诸葛亮已经闭上眼睛死了。那时他的年纪才五十四岁。

蜀军将领按照诸葛亮生前的吩咐，密不发丧。他们把尸体裹着放在车里，布置各路人马悄悄有秩序地撤退。司马懿早就知道诸葛亮病重，如今探子报告蜀军在移动，他就断定诸葛亮死了，所以才退兵。于是他亲自领兵赶到五丈原察看，蜀军营地已经空无一人了。他拍马继续追赶。忽然山后一声炮响，蜀军如潮涌般掩杀过来。

司马懿大惊失色，却又见数十员蜀军大将推出一辆四轮车来，车上端坐的可不正是羽扇纶巾的诸葛亮吗？他大惊，暗想："原来诸葛亮还在！我轻入重地，又中他的计了。"慌忙拨转马头，下命令撤退。他一口气奔了五十多里，后来两员魏将赶上扯住他的马嚼环，大叫："都督不要惊惶！"

司马懿用手摸了摸头，说："我头还在吧？"

两员魏将说："都督不要怕，蜀兵已经去远了。"

司马懿这才惊魂甫定，寻小路回到自己的营寨。

过了两日，附近的乡民都说："蜀军退入谷中后，军中挂起白旗，诸葛亮果然死了，当时，只留了姜维引一千人马断后。前日车上的诸葛亮，是木头人。"后来蜀中的老百姓都传开来，说："死诸葛吓走了活仲达（仲达是司马懿的字）！"

司马懿这才确定诸葛亮真的死了，于是又带兵去追赶，但蜀军早就不见踪影了。在班师回来的路上，他看见诸葛亮之前安营下寨的地方，都整齐有法度，不由得赞叹说："诸葛亮真是天下奇才啊！"随后，他又高兴地对众将领说："诸葛亮死了，这下我们可以高枕无忧了！"司马懿收兵回长安，并分调众将各守关隘。随后，他自己又回洛阳去见魏明帝了。

诸葛亮的灵柩运回成都后，被安葬在定军山。后主刘禅放声痛哭，亲自致祭，追封诸葛亮为忠武侯。

诸葛亮统一中原的愿望虽然没有实现，但他出众的智慧和"鞠躬尽瘁，死而后已"的品格，一直被后人传扬。

### 【博闻馆】

## "木牛""流马"是什么样子的？

诸葛亮在北伐曹魏时，因为道路崎岖狭窄，粮食运输不方便，所以就发明了新的运输工具，分别叫"木牛"与"流马"，从而解决了几十万大军的粮草运输问题。

"木牛"与"流马"是什么样子呢？《三国演义》中有详细的描述。"木牛"有着木头做的牛头，腹部四方，可以用来装载粮食；有四根木柱做成的牛足，后面有双辕，人只要通过按压后面的双辕，就可行走，十分省力。"流马"有用木头做的马头，再用其他零星的小块组成马身和马腿；在马肚子中间安有齿轮，"流马"脖子下有一个扳手，人按下和抬起扳手，"流马"就会迈开腿行走；"流马"还有暗锁的功能，把舌头扭转，马头可以被锁住，"流马"就无法行走了。司马懿当时盗走几匹"流马"，却没法移动，就是因为它被锁上了。

后世仿制的木牛图

虽然《三国演义》中对"木牛"和"流马"进行了绘

声绘色、极为详尽的描述，但书中对"木牛"和"流马"的制作原理和工艺却只字未提。由于小说中把"木牛"和"流马"的功能描写得十分神奇，这激起人们极大的兴趣，想要还原历史，制造出现实版的"木牛"和"流马"。后世人们也的确制造出过多种"木牛"与"流马"，但都无法实现它们在书中所描述的全部功能。"木牛"和"流马"的制作工艺仍是待解之谜。

# 蜀汉降魏

另立了魏元帝曹奂后，司马昭认为国内已经稳定，决定大举起兵进攻蜀汉。这时，蜀国的大臣蒋琬、费祎都已经死了，姜维担任大将军。他有心继承诸葛亮的北伐事业，但出了几次兵，都失败了。后主刘禅听信宦官黄皓的话，对姜维也不大满意了。姜维便请求刘禅让他到沓中屯兵种麦子，刘禅答应了。

公元263年，司马昭派将军邓艾、诸葛绪各带兵三万，钟会带兵十几万分三路进攻蜀汉。姜维知道消息后，立即写了奏章给刘禅，说邓艾、钟会带兵前来，肯定是要直接进攻汉中。阴平关和阳平关是入蜀的关口，陛下应当派张翼、廖化引兵去镇守。刘禅接到奏章后，不找大臣商议，而是问宦官黄皓的意见。黄皓迷信鬼神，就去装模作样卜了一卦，说："陛下放心吧，神仙保佑您福大命大，魏军不敢来的。"刘禅听了很高兴，就把奏章丢在一边了。

没多久，汉中传来军报，说魏军已经攻进来了。刘禅这才想起派张翼和廖化出兵，却已经晚了。邓艾率领三万大军到沓中把姜维牵制住了，诸葛绪率领三万人马从祁山绕过来截断姜维的后路。钟会带着十几万大军进攻汉中，很快就攻下了阳平关。

姜维看到魏军来势汹汹，知道抵挡不了，便把蜀兵集中退到剑阁，守住关口要道。剑阁地形险要，可谓"一夫当关，万夫莫开"，钟会虽然兵多将广，一时之间却也攻不下来。

邓艾看蜀军主力守在剑阁，便带了一队精兵绕到剑阁以西一百里地方，翻山越岭向南进军。结果走到一条绝路上，前面悬崖峭壁，没法再过去了。将士们都慌了神。邓艾当机立断，说："我们大军已经行了七百多里才到这儿，如果能过去，便到江油了，怎么能再退回去呢？"于是他把牙一咬，带头用厚毡毯把自己裹起来，然后从山上滚了下去。其他将士见到，觉得反正在山上无路可走也会饿死，不如试试运气，也都照样滚了下去。除受些皮外伤外，大军倒也没什么大的损失。邓艾下令大家整顿好衣甲器械后继续前进，一直赶到了江油。

驻守江油的蜀军万万没料到魏军会突然从自己背后杀过来，仓促之间哪里抵抗得住，纷纷投降。邓艾长驱直入，又顺利攻下了绵竹，转眼就攻到成都了。蜀中百姓听说魏军攻过来了，一下都乱了，纷纷跑到山上树林里避难，官府也禁不住。蜀汉朝廷上也是一片惊慌，后主刘禅急得像热锅上的蚂蚁，连连问朝中大臣应该怎么办。

有的大臣说，城中兵少将寡，难以迎敌，不如弃都向南逃，借蛮兵来抵抗；有的大臣说，吴国是蜀国的同盟国，如今情势危急，不如前往投靠；有的大臣说，现在魏国大军已经兵临城下了，不如趁早投降。刘禅见大臣意见不统一，自己也拿不准。光禄大夫谯周则极力主张投降。

这时，屏风后面突然转出刘禅第五子北地王刘谌，他指着谯周厉声骂道："你这个偷生苟安的家伙，怎么可以胡乱议论国家大事呢？自古以来哪儿有投降的天子？"

刘禅说："大臣们都说应该投降，你难道是想要看到满城血流成河才罢休吗？"

刘谌说："如今成都还有数万兵马，姜维全师都在剑阁，听到消息后，必来救应。到时我们内外攻击魏军，一定会打败他们。现在怎么能听信小人谗言，轻易废弃先帝辛苦立下的基业呢？"

刘禅胆小怕事，根本就不想抵抗。他呵斥刘谌退下，叫人反绑着自己的两手，率领文武百官出城门投降了。

北地王刘谌听说后，便跑到昭烈庙大哭了一场，然后自刎而死。

司马昭派人把刘禅接到洛阳，以魏元帝名义封他为安乐公，还把他的子孙和原来蜀汉的大臣五十多人也都封了官。

一天，司马昭设宴款待刘禅，席间令歌女演出蜀地的歌舞。那些蜀汉故臣虽然是主动投降的，但此时见到蜀地歌舞，也不免勾起亡国之痛，都禁不住流下眼泪来。可刘禅却毫无感觉，仍兴致勃勃地观看歌舞。

司马昭看到后，对心腹贾充说："刘禅真是一个没心没肺的人啊，就算是诸葛亮活着，也难以保全蜀汉，何况是姜维呢？"

他转过头去，问刘禅："你是不是很想念家乡蜀地啊？"

刘禅笑呵呵地回答说："我在这边待得很快乐，不想念蜀地啊。"

蜀汉故臣听了刘禅的话都直皱眉头，找机会教他说："您怎么回答说不思蜀地呢？以后如有人再问起您，您应该流着眼泪说：'先人的坟墓都在蜀地，心里很悲伤，没有一天不想念故乡。'"

果然，司马昭有一天又问刘禅，说："我们待你还不错吧，你还想念蜀地吗？"

刘禅便把之前大臣教的话原原本本背了一遍，但是因挤不出眼泪来，只好闭上眼睛。司马昭听他这次说的还挺动人，但看他脸上的神色却不大悲伤，便问他："这话是别人教你说的吧？"

刘禅马上睁开眼睛来，惊奇地说道："您怎么知道的？正是别人教我的。"司马昭和左右的人看他这样，都哈哈大笑了起来。

司马昭这才看清楚刘禅的确是个昏庸无能的糊涂人，根本不会对自己造成任何威胁，便没有杀害他。

**【博闻馆】**

### 昭烈庙的来历及其历史

昭烈庙，就是纪念蜀汉皇帝刘备的祠庙。刘备文治武功显赫，章武三年（223）四月逝世，谥号为昭烈帝。"昭烈"就是显赫、显著的意思。

刘备葬在惠陵。依汉代墓葬的制度，建陵同时要在陵旁建庙，昭烈庙就是在公元223年建起来的。后主刘禅在位四十年（223－263），按当时礼制，每年都要率大臣们到惠陵、昭烈庙祭陵拜庙。蜀汉被灭时，刘禅的第五子北地王刘谌就是跑到昭烈庙大哭一场后才自杀的。

唐代为了纪念诸葛亮，在昭烈庙旁边修建了武侯祠。明朝初年，在重建时将武侯祠并入了昭烈庙，形成了中国唯一的君臣合祀祠庙。现存祠庙的主体建筑为清康熙十一年（1672）重建。

昭烈庙正门（四川省成都市）

# 魏晋禅替

**诸**葛亮死后，蜀国忙着整顿内部事务，几年里都没再北伐。魏国顿时轻松起来，魏明帝曹睿（曹丕的儿子）就开始大兴土木，想好好享受一番。可好景不长，他突然得了重病，眼看着就不行了。他把皇族大臣曹爽和司马懿叫到床边，嘱咐他们共同辅助太子曹芳。他还特地拉着司马懿的手说：“当年刘备在白帝城病危，将幼子刘禅托孤给诸葛亮，诸葛亮因此鞠躬尽瘁，直到生命最后一刻还在替蜀汉出谋划策。如今我的幼子曹芳才八岁，我就把他托给你了，希望你能竭力辅佐他。”司马懿流着眼泪答应了。

魏明帝死后，太子曹芳即位。曹爽当了大将军，掌管朝政，司马懿是太尉，掌管兵权。曹爽刚开始和司马懿相处得还不错，因为他知道自己辈份小，经验少，所以凡事都会先和司马懿商量。他是富贵子弟，自然喜欢吃喝玩乐，家里养了一批气味相投的门客。

一天，其中一个跟他最合得来的门客对他说：“大魏是曹家的天下，不可以把大权委托给外人，免得有后患啊。”

曹爽说：“司马懿和我是同受先帝托孤遗命的，怎么好收回他的大权呢？”门客冷笑道：“大将军难道不记得，您的父亲当年是被司马懿气死的？”

曹爽便到宫中见曹芳，说司马懿功高德重，应该加封为太傅。曹芳还是个小孩子，哪里知道其中的机巧，就答应了。这下司马懿表面上是升了官，可实际上却没有了兵权。曹爽就把自己的心腹、亲信分别调去掌握兵权。司马懿也不争论，反说自己年老多病，不能来上朝了。曹爽对此将信将疑，就派自己的手下李胜去太傅府中探个虚实。

司马懿像

司马懿（179－251），字仲达，魏晋过渡时期杰出的政治家、军事家。他是辅佐了魏国三代的重臣，曾担任曹魏的大都督、太尉、太傅，多次亲率大军成功对抗诸葛亮的北伐。后来司马懿的孙子司马炎篡魏称帝，建立晋朝后，追尊他为宣皇帝。《三国演义》中描写的司马懿与历史上真实的司马懿有很多不一致的地方。

李胜到府中一看，只见司马懿一脸憔悴，瘦骨嶙峋地躺在床上，要两个丫环扶住，才能勉强坐起来。

李胜说："好久没有看见太傅，没想到您病得这么重。我这次被皇上派去青州做刺史，特地来向您辞行。"

司马懿气喘吁吁地说："啊？并州啊！那地儿靠近北方的胡人，你要好生防备呀。"

李胜大声说："太傅听错了，我是去青州，不是并州。"司马懿还是没听清，说："哦，你是刚从并州回来吗？"

左右服侍的人告诉李胜，太傅病得耳聋了。

这时，婢女上来喂司马懿喝药汤。司马懿颤巍巍地用口接着喝，药汤流得到处都是。

司马懿哽咽着说："我如今年老病重，快要死了。我有两个不成器的儿子，希望你以后能多多指点他们。"说完，就躺在床上喘个不停。

李胜回去后就把见到的情况对曹爽一五一十地说了。

曹爽听了很高兴，说："这个老家伙要死了，我没啥好担心的了。"此后，他就成天放心地饮酒打猎作乐。他哪里知道，司马懿等李胜一走，立马精神抖擞地跳下床，和两个儿子商量怎么除掉曹爽。

没几天，魏少帝曹芳到城外去祭祀先帝，曹爽和他的兄弟、亲信大臣都随驾出了城。司马懿知道后，心中大喜，当即披戴好盔甲，带着两个儿子和旧日手下人马，迅速占领了城门和兵器库。然后，司马懿带着亲信去见皇太后，说曹爽奸邪乱国，应该夺去兵权，废去官职。皇太后很害怕，只得任由司马懿去办理。

曹爽等在城外得知消息后，慌成一团。门客献计，要他护送少帝到许都去，然后调动兵马攻打司马懿。这时，司马懿也派人来劝降，说只要他交出兵权，就决不为难他。曹爽是个优柔寡断的人，想来想去，还是乖乖地投了降。没过几天，有人告发曹爽一伙人谋反，司马懿就派人把曹爽弟兄全家老小，连带门客都斩首了。

魏少主曹芳封司马懿为丞相，掌管魏国的军政大权。这样一来，魏国的政权实际上已经转到司马氏手里了。过了两年，司马懿死了，他的儿子司马师继任丞相，继续把揽朝政。这时曹芳已经长大了，想撤掉司马氏的兵权。他还没动手，司马师就逼着皇太后把他废了，另立了曹髦为帝。司马师病死后，他的弟弟司马昭做了大将军，继续掌握大权。

魏帝曹髦不能忍受司马昭的专权独断，他召尚书王经等三位大臣来商议，说："司马昭的篡逆野心，连过路人都知道啊。我不能坐着等他来废我，你们和我一起去讨伐他。"

王经劝说道："如今朝廷军政大权都被司马氏掌握，陛下没有军队可调动，还是先隐忍，再从长计议。"但曹髦却觉得忍无可忍，进内宫去禀报太后了。

其他两位大臣见风使舵，觉得曹髦去跟司马昭拼命，无疑是鸡蛋碰石头，因为怕受牵连，就一溜风地跑去给司马昭报信了。

曹髦集合了宫内的禁卫军和侍从太监三百多人，吵吵嚷嚷地从宫里冲了出来。曹髦自己拿了一口宝剑，站在车上指挥。尚书王经大哭着去劝阻他，说："陛下率领几百人去讨伐司马昭，就好比把羊群赶到老虎嘴边，白白送死啊。"但曹髦哪里听得进去。

司马昭得到报告后，自己不好出面，就派心腹贾充带了数千铁甲禁军呐喊着杀到宫廷来。曹髦上前大喝一声，说："我是当今天子，你们想要弑君吗？"禁军见是皇帝，都不敢动。贾充便叫过自己的一个手下，说："司马公平时养着你们干什么，还不动手？"那个手下于是挥着长枪向曹髦刺去。曹髦大声呵斥："匹夫胆敢无礼！"结果，还没来得及招架，曹髦就被刺穿了胸膛，跌下车来死了。

司马昭赶到朝堂，召集大臣们商量。他假惺惺地装出一副悲痛的样子，问大家该怎么办。大家说要把贾充斩首了，才能向天下人交代。司马昭怕贾充把自己做主谋的事招出来，就为难地问左右还有没有其他办法。最后，司马昭把杀害皇帝的罪，都推到那个刺死曹髦的贾充手下人的身上，定他个大逆不道的罪，满门抄斩。

之后，司马昭另选十五岁的曹奂做了傀儡皇帝。在认为内部稳定了之后，他就大举进攻蜀汉。灭蜀后，他让魏帝晋封他为晋王。公元265年，他的儿子司马炎强逼魏元帝曹奂禅（shàn）位，自立为皇帝，改国号为"晋"，定都洛阳，史称西晋。

### 【博闻馆】

## "禅位"是什么意思？

禅位，即君主生前把王位禅让给他人。形式上，禅让是在位的君主自愿进行的，让更贤能的人来治理国家。通常来说，禅位是当前君主把统治权力让给异姓的人，这会导致朝代的更替。也有把王权让给自己同姓血亲的，让位者被称为"太上皇"，不会导致朝代的更替。

历史上有名的禅位要算尧舜禅让了。尧是上古时期部落联盟的首领，他年老后，召开会议，让人推举有才德的人为继承人。人们推举了舜。尧对舜经过长期考察后，就把联盟首领的位置让给了他。舜后来也以这种禅让的方式，让治水有功的禹做了首领。这种禅让王位制度历来受人们称赞。

但在王朝更替中，有些朝中权臣打着禅让的旗号，逼着皇帝把王位给自己，以维持自己的正统性。三国时司马炎自己想做皇帝，逼迫魏元帝退位，就是以禅让之名来行夺权之实的。

# 王濬伐吴

　　司马昭灭了蜀汉之后，没多久就病死了。他的儿子司马炎毫不客气地把魏元帝曹奂赶下了台，自己做了皇帝，国号晋，他就是晋武帝。晋武帝雄心勃勃，想把东吴消灭，把国家统一起来。

　　当时吴国的君主是孙权的孙子孙皓，他为人十分残暴专横。曾经有两个大臣劝谏他不要沉溺酒色，应该勤政爱民，他一怒之下，就把二人杀了，还下令灭人家三族。从此，文武百官再也不敢劝谏他了。他大兴土木，强征各地百姓来为他修建豪华宫殿，又令文武百官上山伐木。有谁敢在他面前露出一点不满，他就用剥脸皮、挖眼睛等惨无人道的刑罚来惩治。这弄得全国上下怨声载道，人人愤恨不已。

　　晋国的一些大臣知道孙皓残暴失德，不得民心，便请晋武帝趁机出兵攻打。晋武帝便命镇南将军杜预为大都督，引兵十万向江陵进兵；龙骧将军王濬率领水军战船数万艘，从蜀地沿着大江向东直下，合攻东吴国都建业。

　　消息传到东吴后，孙皓大惊，当时丁奉、陆抗等大将都已经病死了，只得以丞相张悌为军师，车骑将军伍延为都督，让他们调度各路人马前去迎战。安排好后，他心里有了点底。但这时探子来报，说王濬的数万水军，战船齐备，已经顺流而下。本来当时吴国靠着长江，水军是最强大的，但王濬早前就想好了对付吴国水军的法子，他令人造了一种特别大的船。这种船高十几丈，有好几层，能容纳两千多人，外观似楼，所以叫做楼船。楼船不仅外观巍峨威武，而且船上四面还有城墙，有城门，人可以在上面驰马往来，好比水上碉堡。

楼船模拟图

从外形看，楼船方形船首，两边多设划桨。甲板上一般有三层建筑，两侧设置有女墙（起保护士兵的作用），并开有若干箭孔、矛穴，另外还备有垒石、铁刺等防御武器。楼船高大巍峨，具有威慑力，是一座真正的水上防守堡垒。西晋灭东吴时，益州刺史王濬造的楼船利用长江之势顺流而下，发挥了巨大的威力。

孙皓知道自己那些常规性的战舰肯定吃亏，但急切间也想不到法子来对付，便急得像热锅上的蚂蚁一般在皇宫内走来走去。他宠信的近臣岑昏察颜观色，得知孙皓心里的愁烦后，便上前说："臣倒是有一个好计策，一定可以阻拦王濬战船。"孙皓大喜，命他快说。

岑昏说："江南多铁，可令人打上百余条长铁索，横放在沿江紧要的地方，把大江拦腰截住。再打造数万个一丈多高的大铁锥，放到江水中，好比尖刀暗礁，王濬的战船顺风来了，遇索就受阻，遇锥就会破，哪里还能渡江呢？”

孙皓听了，连连称赞说："这个主意好！这个主意好！"当即传令召集大量铁匠到江边连夜打造铁索、铁锥，安放停当。

杜预这一路大军运用计谋把吴军打得七零八落，溃不成军。都督伍延见各军皆败，于是弃江陵城逃走，却被杜预设下伏兵捉住杀了。杜预军威大振，乘胜进军，其他地方的东吴守将望风投降。不久，武昌的守将也投降了。杜预便在武昌会合诸将，商议怎么一举攻下建业。

王濬的水军从巴蜀顺流而下，打前哨的探子来报告说："吴军用铁索横截江面，又以铁锥放在水中，想要拦住我们的战船。"

王濬笑道："哈哈！这能阻拦我们吗？"他命人造了几十个大筏子，上面放着一些用草扎的人，都披着盔甲，拿着刀枪，好像真人一般。然后顺水放下，水下的铁锥碰着这些筏子，就被提起来带走了。后面又跟了些载满大火炬的大筏子，这些大火炬是特制的，有十丈长，十围粗，都浸足了麻油，一点就着。在熊熊烈焰之下，不到一个时辰，江上的铁索便都被烧断了。岸边的吴军没料到江上的封锁能被冲破，远远看见王濬大队战船顺利渡江杀来，便吓得落荒而逃。王濬很快就和杜预中路的大军会师，逼近建业。

东吴丞相张悌亲自率领三万水军来迎战。王濬的楼船又高又大，又是顺流而下，遮天蔽日般地朝吴军压过来。吴军对着这样的庞然巨物，都不知该从何下手，前锋的战船很快就被撞沉了好几艘。右将军诸葛靓眼见抵抗不住，就劝张悌逃走。张悌流泪说："如今大势已去，吴国将亡，我身为丞相，不死于国难，而想着苟且偷生，岂不可耻？"于是奋力搏杀，最后死于乱军之中。

王濬楼船乘风破浪而下，声势浩大。孙皓着了急，派前将军张象带一万水军去下江迎敌。可吴国水军一见晋国水军的阵势，吓得没打就纷纷弃船逃跑了，一会儿只剩下主将张象和手下几十人。张象只好投降王濬。

王濬说："如果你是真投降，就作我的前部先锋立功。"张象答应了，带着自己旧部，到了建业城下，叫守城的军士开门。

守城的军士认得主将张象，可是不知道他已经投降晋军了，便打开了城门。张象首先冲进去，把守城的军士杀散，随后王濬的水军就如潮水般涌进了城。

孙皓听说晋军已经进了城，黔驴技穷，再也想不到其他办法了，眼睛一闭，便想抹脖子自杀。

大臣们劝道："陛下可以学安乐公刘禅，自缚请罪，还可以保住富贵。"

孙皓听从了，于是自己脱下上衣，让人反绑了双手，带领着东吴的一班文武大臣，到王濬的军营前投降。

王濬接受了他的投降，亲自给他解开绳索，还以诸侯王的礼节来对待他。

王濬带着孙皓班师回朝，孙皓在大殿上向晋武帝叩头行了跪拜礼。晋武帝赐了坐，并笑着对他说："我设这个座位等你好久了。"

孙皓倒是不卑不亢地回了一句，说："臣在南方，也曾经设了个座位等待陛下来坐。"晋武帝便哈哈大笑起来，封他做了归命侯。晋武帝令他在洛阳居住，又把他的子孙封为中郎，随着投降的大臣也给封了官。这样，蜀、魏、吴三国分立时期终于宣告结束，晋朝统一了全国。

### 【博闻馆】

## "黔驴技穷"是什么意思?

"黔驴技穷"是唐代大文学家柳宗元笔下的一个寓言故事。"黔"是唐代行政区域黔中道的简称，包括今天四川大部和贵州大部。这个地方之前本来是没有驴子的，有个喜欢多事的人从外地运了一头过来，就放在山下面养着。老虎下山来觅食，猛不丁地看见这么一头比自己大很多的动物，吓了一跳，赶紧逃回山林。之后它便藏在树林后面偷偷看，不知道它是什么东西。驴子突然长鸣了一声，老虎以为它要过来吃自己了，便吓得一口气跑了老远才敢停下来。后来，老虎天天来观察驴子，发现它虽然长得大，却也没啥特殊本领，便上前去扑它。驴子大怒，撅起蹄子来踢老虎。老虎一看，想："原来你就这点本领啊!"于是它一个跳跃就咬断了驴子的喉咙，吃完它的肉才离去。后来人们就用"黔驴技穷"来比喻人有限的一点本领已经用完，没有其他办法可以使用了。

## 附录

# 《三国演义》：波澜壮阔的历史，
# 栩栩如生的人物，精彩纷呈的故事

《三国演义》原名为《三国志通俗演义》，由元末明初罗贯中所著，是一部家喻户晓的古典小说。它和《水浒传》、《西游记》、《红楼梦》并称为我国古代四大名著。清朝初年，毛纶、毛宗岗父子将《三国志通俗演义》从头至尾修改了一遍，并且为它作了评注，将它改名为《三国演义》。人们觉得《三国演义》更加通俗易懂，故事也更加有趣，所以都喜欢上了这个版本。后来，《三国演义》就渐渐流传了下来。

《三国演义》描写的是从东汉末年到魏、蜀、吴三国鼎立，一直到西晋统一全国这一百多年的历史。这一时期，正是我国历史上十分动荡的一个时期，汉朝的皇帝名存实亡，各个割据政权的统治者为了扩大地盘，争夺粮食和人口，不断地发动战争，无数老百姓被迫逃离家乡，华夏大地上到处都弥漫着战火和硝烟。也正是在这一时期，历史上涌现出了许多可歌可泣的人物，发生了许多永载史册的大事件，令后人津津乐道，口耳相传。

早在《三国志通俗演义》出现之前，民间就早已流传有关三国的故事了。到了罗贯中，他把一直流传在说书人口中的三国故事变成了小说《三国志通俗演义》，用"七分事实，三分虚构"的艺术表现手法，重现了那个时代波澜壮阔的历史画卷。而《三国演义》则更进一步刻画描摹人物，增加了细节描写，在艺术上有了更大的进步。

《三国演义》的主要政治倾向是拥护刘备，反对曹操。因为刘备是汉景帝的儿子中山靖王的后裔，而且为人宽厚仁慈，退离新野时，有十万百姓愿意跟着他一起撤离（见《长坂坡赵云救阿斗》）；而曹操的父亲曹嵩却是大太监曹腾的养子，因为古代的人都很讨厌太监，认为太监会祸乱政治，所以大家对太监的养子也没什么好感。而且，曹操的性格中确实也有奸诈的一面，比如在赤壁之战之前，他因为中了周瑜的离间计，误杀了水军都督蔡瑁和张允（见《蒋干盗书》），但是为了保住自己的权威和面子，他竟然诬陷蔡瑁和张允是因为训练部队不得力才被杀死的。这些都是后人讨厌曹操而倾向于喜欢刘备的原因。不过历史上真实的曹操，其实是很有雄才大略的，他靠着自己过人的政治胆识，统一了北方。后来，在三国鼎立时期，他的儿子曹丕所建立的魏国也始终是三个国家中实力最强的。

《三国演义》为我们刻画了许多栩栩如生的人物，如奸诈却又有雄才大略的曹操，遇事只会哭鼻子、看似软弱其实却很强悍的刘备，有勇无谋的吕布，莽撞得有些可爱的张飞，义薄云天的关羽，神机妙算的诸葛亮，智谋过人却又有些小心眼的周瑜，温而文雅的鲁肃，忠肝义胆的赵云，老谋深算的司马懿，等等。这些人物都给我们留下了深刻的印象，让人过目不忘。

《三国演义》中，让人过目难忘的还有那一段段精彩的故事。桃园结义、张飞怒打督邮、吕布戏貂蝉、赤壁之战、关公单刀赴会、白帝城托孤等故事，就像是一粒粒璀璨的珍珠，将全书串联起来，让我们为之激动，为之感慨，为之欢呼，为之流泪。阅读《三国演义》，不但可以让我们增加知识，开阔眼界，还可以让我们获得启迪，从书中汲取做人的道理，学习为人处事的方法和态度。

我们从《三国演义》小说中，精心选取部分大家耳熟能详的故事，进行了改写和再创作，并在每个故事中附上了博闻馆和与故事相关的图片，希望借此可以开拓我们的视野，增加我们的阅读乐趣。同时，也希望通过这些小故事，我们可以从另一个角度阅读和审视《三国演义》，重温经典给我们带来的欢乐和喜悦。